愛經典

閱讀經典，成為更好的自己。

田園交響曲

LA SYMPHONIE PASTORALE

安德烈・紀德André Gide——著

張博——譯

緣起

愛經典

卡爾維諾說：「『經典』即是具影響力的作品，在我們的想像中留下痕跡，並藏在潛意識中。正因『經典』有這種影響力，我們更要撥時間閱讀，接受『經典』為我們帶來的改變。」因為經典作品具有這樣無窮的魅力，時報出版公司特別引進大星文化公司的「作家榜經典文庫」，期能為臺灣的經典閱讀提供另一選擇。

作家榜經典文庫從二〇一七年起至今，已出版超過一百本，迅速累積良好口碑，不斷榮登各大暢銷榜，總銷量突破一千萬冊，本書系的作者都經過時代淬鍊，其作品雋永，意義深遠；所選擇的譯者，多為優秀的詩人、作家，因此譯文流暢，讀來如同原創作品般通順，沒有隔閡；而且時報在臺推出時，每部作品皆以精裝裝幀，質感更佳，是讀者想要閱讀與收藏經典時的首選。

現在開始讀經典，成為更好的自己。

目 錄

獻給

讓·舒倫貝格[1]

1 讓·舒倫貝格（Jean Schlumberger，一八七七－一九六八）：法國作家、編輯，與安德烈·紀德、雅克·科波等友人一同於一九〇八年創立《新法蘭西評論》。

第一冊

189x年

2月10日

雪，未曾間斷地連下三天，封堵了條條道路。我亦無法前往R村……十五年來我已習慣於每月兩次在那裡主持禮拜。今早在拉布萊維納[2]的小教堂只聚集了區區三十名信徒。

我將利用這次強制禁閉帶來的閒暇，藉機回顧往昔，講述我曾經如何被引導著[3]去親自照顧吉特呂德。

我計畫在此寫下與這顆虔敬靈魂的形成與發展有關的一切，對我來說，讓她走出黑夜的唯一

2 拉布萊維納（La Brévine）：瑞士西部小鎮，靠近法國邊境。紀德曾於一八九四年十月至十二月在此地暫居。

3 我……被引導（je fus amené）：法語原文特意使用了被動語態，強調不是「我」主動去照顧吉特呂德，而是「我」彷彿被某種外在的命令（如上帝的旨意）要求下被動地一步一步開始照顧她。

目的正是崇拜與愛[4]。感謝主把這項任務託付於我。

兩年半前，當我從拉紹德封[5]回來時，一個素不相識的小女孩行色匆匆地找到我，要帶我去七公里外、一位垂死的窮苦老嫗身邊。馬還沒有卸套。我帶上一盞提燈，然後讓女孩進了馬車，因為我推測天黑以前難以返回。

我自以為對於市鎮四郊瞭若指掌。然而，剛過索德萊農莊，女孩便帶我走了一條直到那時為止我從未探索過的道路。不過，我卻認出，往左兩公里之外，有一片神祕的小湖，我年輕時去溜過幾次冰。十五年來我再沒見過它，因為這附近沒有任何人召我履行聖職。我甚至再也無法說清楚小湖究竟在哪裡，似乎已經到了不再想念的程度，但是突然之間，在黃昏玫紅鎏金的魅惑中，我把它辨認出來，初見恍若夢中。

道路順著奔湧的流水向前延綿，切斷森林的邊界，然後又沿著一片泥沼伸展。無疑我從未來過這裡。

夕陽西下，我們在樹蔭中長時間行走，我的小嚮導終於用手指向我示意，在山坡上，有一間可能被誤認為是無人居住的茅屋，沒有哪怕一縷纖細的炊煙從屋中飄散，它在陰影裡變得幽藍，接著在天空的金輝中染黃。我把馬匹拴在附近的一棵蘋果樹上，然後追著女孩走進晦暗的房間，老人在那裡剛剛死去。

情景的肅穆、時光的寂靜與莊嚴，讓我遍體生寒。一位依舊年輕的婦人跪倒在床邊。那個女孩，我原以為是逝者的孫女，其實只是她的女僕。她點燃了一支冒濃煙的蠟燭，然後一動不動地站在床尾。在漫長的旅途中，我曾試圖與她攀談，卻只能引起她的隻言片語。

跪坐的婦人站起身。她並非我最初設想的死者親屬，而僅僅是一個鄰

4 崇拜與愛（l'adoration et l'amour）：在法語中，這一表述主要指向對上帝的崇拜與愛。
5 拉紹德封（la Chaux-de-Fonds）：瑞士西部城市，靠近法國邊境。位於拉布萊維納東北約二十公里。

居、一個友人，當女僕發現主人垂危時，找到了她，她亦主動留下守靈。她對我說，老人去世時沒有經歷痛苦。我們共同商討如何料理喪事和葬禮。像往常一樣，在這種偏遠地區，需要由我決定一切。必須承認，把這間外表看起來如此破敗的房子單獨交給這位鄰居和僕童看管，讓我有些為難。不過在這間陋室角落裡，幾乎不可能藏著什麼隱祕財寶……我在這裡能做什麼呢？我還是詢問了一番，這位老人是否沒有留下任何繼承人。

鄰居於是舉起蠟燭，朝壁爐一角指去，接著我得以認出，一個朦朧的人影，蹲坐在爐膛前，看起來似乎睡著了，濃密的頭髮幾乎完全遮住了面孔。

「這個盲女，按女僕的說法是老人的侄女。看起來家裡只剩她了。必須把她送進收容所，不然我真不知道她以後怎麼辦。」

就這樣當著她的面決斷她的命運，我聽了感到不快，擔心這些唐突的話語會令她痛苦。

「不要叫醒她，」我溫和地說道，以此勸告女鄰居，至少，壓低聲音。

「哦！我不認為她在睡覺。不過她是個白癡，她從來不講話，而且完全不理解我們在說什麼。從今早我進入房間以來，可以說她就沒有動過。一開始我以為她耳聾，女僕硬說不是，僅僅是老人自己耳聾，從不和她說話，也不和任何人說話，很久以來除了喝水吃飯，就不再張嘴了。」

「她多大了？」

「大約十五歲吧，我猜！另外我並不比您知道得更多……」

由我親自照顧這個貧苦孤女的念頭並沒有立刻落入我腦海中。不過在我完成祈禱之後——更確切地說，當我身處鄰居與小女僕之間祈禱之時，她們兩人都在床頭跪著，我自己也跪著——這突然讓我感到是上帝在我的道路上設置了某種義務，我不可能在逃避它時不顯得懦弱。當我站起身，我的決心已然下定，當晚就把女孩帶走，儘管我還沒有完全考慮清楚之後我該如何安置她、將她託付給誰。我又停留了一會兒，注視著老人永眠的面容，她褶皺而塌陷的嘴唇好似守財奴錢袋上的繩線被緊緊拉上，不讓任何東西漏出。然後我轉向盲女一側，並把我的意圖告知鄰居。

「明天人家來抬屍體的時候，她不在場更好。」她說。這就是全部。許多事情，如果不是因為大家時而熱衷於編造荒唐的反對意見，做起來其實很容易。從童年起，有多少次我們被阻止去做這件或那件我們想做的事情，僅僅因為我們總會反覆聽到身邊的人說：這件事不能做……

盲女好似一團沒有意志的物體任人搬動。她的五官端正，頗為秀美，卻毫無表情。我從房間角落的草褥上拿了一條被子，她平時應該就睡在那裡，在一道通向閣樓的樓梯下面。

鄰居表現得很殷勤，幫我細心地把她裹緊，因為明澈的夜晚有些涼意。在點亮馬車燈籠之後，我重新上路，運送蜷縮在身邊的這包沒有靈魂的肉體，唯有透過微弱體溫的傳遞才讓我察覺到生氣。一路上，我在想：她睡了嗎？多麼黑暗的睡眠……對她而言，醒與睡有何區別？這具昏沉軀體的主人、她被禁錮的靈魂多半在等待著，主啊，您的聖寵之光去把她觸碰！也許，您會允許我用愛令她擺脫這可怖的沉夜？……

我過於注重真實，不能對我回到家後必然遭受的苛待閉口不提。我的妻子是美德的園地，即便在有時不得不經歷的困難時期，我也不會有片刻質疑她的善心。不過她天生的慈悲卻不喜歡出其不意。這是一個講秩序的人，對於責任，她堅持既不多做，也不少做。她的慈悲亦有節制，彷彿愛心是一座會枯竭的寶庫。這是我們之間唯一的爭執……

那天晚上她看到我與女孩一起回家時，她最初的想法從這聲尖叫中洩露出來：

「你又做了什麼？」

就像每次在我們之間需要一番解釋時那樣，孩子都站在那裡，張口結舌，充滿疑問與驚奇。我先讓他們都出去。啊！他們的態度與我原本的預想相差甚遠。只有我親愛的小夏洛特，當她明白有什麼新的東西、活的東西要從車裡出來，便開始拍著手跳起舞來。不過其他孩子，已經被母親管教慣了，立刻讓她安靜下來並跟上他們的腳步。

場面一度十分窘迫，因為無論我的妻子還是孩子，都還不知道他們接觸的是一個盲女，他們無法理解為何我給她引路時如此小心翼翼。我一路都握著她的手，當我剛把手鬆開，這可憐的殘障者便發出一陣奇怪的呻吟，這弄得我自己也手足無措。她的叫聲沒有任何人類的特點，完全可以說是小狗的哀嚎。她的各類習慣感受構成了她的全部世界，組成她狹小的生活圈，她生平第一次被人從中拖拽出來，她的雙膝彎曲發軟。而當我為她挪去一把椅子，她卻躺倒在地，彷彿一個不知道如何坐下的人。於是我把她帶到壁爐邊，她蹲著，倚靠壁爐臺座，姿勢與我最初在老人家爐膛邊看到的一模一樣，她這才恢復了一點點平靜。在車裡時她就已經滑落到座位底下，一路蜷縮在我腳邊。我的妻子還是幫忙了，最自然的舉動向來都是最適當的。不過她的理性不斷抗爭，常常壓倒她的本心。

「你對這個有什麼打算？」把女孩安頓好後，她責問道。

聽到這個中性詞[6]，我靈魂微顫，幾乎無法克制憤怒情緒。不過我依然徹底沉浸在漫長而平和的沉思中，故而得以自控，把身體轉向重新圍成一圈的孩子，一隻手放在盲女的額頭上：

「我帶回了迷途的羔羊。[7]」我以盡可能莊重的語氣說道。

然而阿梅莉不承認福音書的教導中會有任何非理性或超理性的內容。我眼看她又要橫加反對，於是朝雅克與莎拉做了個手勢，他們早就看慣了我們夫妻間的小小分歧，而且天生對此缺乏興趣（在我看來甚至常常太不

---

6 中性詞：特指上文妻子問句中的「這個」(ça)。一般對於人，應該用「她」。這一用法隱含輕蔑與嫌棄。

7 參見《新約·馬太福音》第十八章第十二至十四節：「一個人若有一百隻羊，一隻走迷了路，你們的意思如何？他豈不撇下這九十九隻，往山裡去找那隻迷路的羊麼？若是找著了，我實在告訴你們：他為這一隻羊歡喜，比為那沒有迷路的九十九隻歡喜還大呢！你們在天上的父也是這樣，不願意這小子裡失喪一個。」

在意），帶著兩個最小的孩子走開了。之後，我的妻子依然目瞪口呆、怒形於色，我覺得是因為這不速之客在場的緣故：

「你可以在她面前直說，」我加了一句，「這可憐的孩子聽不懂。」

於是阿梅莉開始抗議說，顯然她對我沒什麼可談的——這是長篇大論的慣用開場——她說她只能像往常一樣屈服於我編造出的那些最不實際、最不合常識的理由。我已經在前面寫過，我還完全沒有確定究竟要如何撫養這個孩子。我還沒有想到，或者說只是非常模糊地預感到，把她安頓在自己家中的可能性，而且我幾乎可以說，是阿梅莉首先對我提出了這個想法，她當時問我是不是覺得「家裡人還不夠多」。接著她表示我總是一意孤行，從不顧忌身邊人的不滿情緒；就她而言，她認為五個孩子已經夠了，自從克勞德出生以來（在此時此刻，他似乎聽見了自己的名字，在搖籃中哭喊起來），她已經「受夠了」，已經感覺到頭了。

剛聽到她的幾句攻訐，一些耶穌的名句幾乎就要脫口而出，但我克制住了，因為依靠聖書的權威性庇護自己的行為終歸讓我感到不妥。而一旦她用疲勞做藉口，我就深感羞愧，因為我承認，我那些不止一次因為熱情而一時衝動產生的結果最終都壓在了妻子身上。不過她的非難教會了我何為自己的義務。因此我非常溫和地懇求阿梅莉仔細想一想，如果處在我的位置，她難道不會像我一樣行動？她怎麼可能任由一個顯然無依無靠的生靈落難？我還補充說道，對於照顧這個殘障女客所增添的家務負擔，其中新增的勞苦我絕對不是心裡沒數，我很抱歉自己以後不能經常從旁協助。終於我竭盡全力讓她平靜下來，求她不要把怨恨發洩在這個無論如何不該受到責怪的無辜者身上。之後我提醒她，莎拉已經到了可以幫忙的年紀，雅克也不再需要操心了。總之，上帝把祂需要說的話放進我嘴裡，以此去幫助她接受這件事。我敢肯定，如果給她考慮的時間，如果我不是以這種突然襲擊的方式強加於她的意志，她一定會欣然從之。

我幾乎以為已經大功告成，我親愛的阿梅莉已經善意地朝吉特呂德走去。然而當她提燈略做觀察，發現這孩子髒得難以形容，她的怒氣頓時變本加厲地躥了上來。

「真是臭氣熏天！」她叫喊道，「你去把自己刷刷，快點去刷。不，不是這裡。到外面去抖。啊！我的上帝！孩子都會讓蝨子爬滿的。這個世界上沒有什麼比這些蟲子更讓我害怕。」

不可否認，這可憐的孩子身上確實滿是蝨子。一想到我在車裡有那麼長時間讓她緊靠在我身邊，我就忍不住做出一個嫌惡的動作。

當我盡力把身上拍打乾淨，兩分鐘以後回到屋裡，我發現妻子癱倒在扶手椅上，雙手捂頭，被一陣陣突發的抽泣所折磨。

「我從沒想過讓你的堅韌經受這樣的考驗，」我溫柔地對她說，「無論如何，今天已經晚了，看不清了。我來守夜照看爐火，讓這孩子就在旁邊睡吧。明天我們幫她剪頭髮，然後好好梳洗。等你看她不再覺得反感的時候再開始照顧她吧。」我還求她不要把這些話告訴孩子。

晚餐時間到了。我的被保護人，把我遞去的湯狼吞虎嚥地吃下，我們的老羅薩莉在為我們服務時，一直向她投去敵視的目光。進餐時沉默無言。我本想對孩子談談我的奇遇，讓他們能夠對如此徹底的赤貧所造成的特殊處境感同身受並有所觸動，激發他們憐憫、同情這個上帝要求我們收留之人，不過我擔心重新勾起阿梅莉的怒火。彷彿有人下令忽略和忘記這事，儘管很顯然我們每個人除此之外別無他想。

有一件事讓我深深感動，一個多小時以後大家都上床休息了，阿梅莉把我一個人留在客廳，這時我看到我的小夏洛特推開半扇房門，穿著睡衣光著腳，輕輕地走上前，然後撲過來摟住我的脖子，猛地抱緊我悄聲說道：

「我還沒好好跟你說晚安呢。」

然後，她用小小食指的指尖從低處指向安睡的盲女，在入睡以前她曾產生好奇心想再看一眼：

「為什麼我沒能親親她？」

「你明天再親她吧。現在我們不要打擾她。她睡了。」我一邊說一邊陪女兒走到門口。

之後我又回來坐下，閱讀或是準備我的下一次布道，一直工作到早上。毫無疑問，我當時覺得（現在還記得），今天夏洛特顯得比她的哥哥姊姊親熱得多。不過他們每一個人，在這個年紀，最開始都曾讓我產生過錯覺。我的大兒子雅克，如今多麼疏遠、多麼老成……以為他們溫柔，其實那只是笑臉承歡取悅於人而已。

2月27日

今夜雪還是下得很大。孩子都很高興，因為他們說不久之後就必須從窗戶出入了。事實上今早正門就已經被封堵，只能從洗衣房出去。昨天，我已確認村中擁有足夠的存糧，因為我們多半要與世隔絕一段時間了。這不是第一個被大雪圍困的冬天，但我從不記得見過這麼厚的積雪。趁此時機讓我把昨天動筆的記述接著寫下去吧。

我說過，當我把這個殘障少女帶回來時，我之前並沒有考慮清楚，她在家裡應該占據一個怎樣的位置。我瞭解妻子那邊會有少許阻力，我知道我們能支配的空間與財富都極其有限。像往常一樣，我的所作所為既出於本性也基於原則，完全沒有試圖去計算我的衝動會造成多少開銷（這始終讓我感到違背福音書的精神）。不過信賴上帝和把重擔推給別人不是同一件事。很快我就發覺在阿梅莉的肩頭安排了一項沉重的任務，重到剛開始我自己都感到窘迫。

我盡全力幫她給女孩剪髮，我很清楚她心裡只感到厭惡。不過等到要給女孩梳洗清潔時，我只能讓妻子去做。我知道自己已然避開了最沉重、最令人不快的操勞。

總之，阿梅莉不再發出哪怕一點點抗議。似乎她在夜裡經過了一番深思熟慮之後，決定接受這項新的重任。甚至她看起來似乎從中得到了一些樂趣，我看到她在把吉特呂德打理完畢後微笑了起來。一頂白色軟帽戴在被我塗滿藥膏的光頭上。襤褸的衣物被阿梅莉扔進了火堆，換上了莎拉的幾件舊衣服，還有乾淨的內衣。孤女的真實姓名無從得知，她自己不清楚，我也不知道去哪裡問，吉特呂德這個名字是夏洛特選的，並且立刻獲得了大家的一致認同。她應該比莎拉的年紀略小一點，因而莎拉一年前穿不下的衣服對她來說剛剛好。

在這裡我必須承認，最初的幾天我感到自己陷入了深深的失望。我確實對吉特呂德的教育做過一整套規畫，但事實迫使我降低要求。她那冷漠的表情、遲鈍的臉色，更確切地說是徹底缺失的表達能力，讓我的善意從源頭冷卻。她終日坐在爐邊，時刻戒備，一聽到我們的聲音，尤其是一發覺有人靠近，臉上似乎就變得僵硬起來。只有在透露敵意時，面無表情的狀態才會中止。只要我們稍微試圖喚起她的注意，她就像動物一樣開始呻吟、嗥叫。她這生悶氣的狀態一直到晚餐開動才停止，我親自給她盛飯，她帶著一種難看至極的野獸般的貪婪猛撲了上去。正如愛需要用愛去回應，在這顆靈魂固執的抗拒面前，我感到一種反感情緒侵入我的心。是的，的的確確，我承認最初的十天讓我感到絕望，甚至對她興致索然到後悔自己一開始的衝動的地步，希望自己從沒把她帶回來。還有一件事讓我刺痛，那就是，阿梅莉在我這些難以對她掩飾的情緒面前頗有些洋洋得意，似乎，自從她感到吉特呂德成了我的負擔，在家裡常常對我造成折磨之後，便愈發用心、愈發善意地照顧這個孩子。

正當我身處困境之時，我接待了我的朋友馬爾丹醫師，他在巡診期間從塔威山谷[8]過來拜訪。我和他說起吉特呂德的情況，他非常感興趣，而且最開始對於她僅僅因為失明而導致心智發展停滯感到極為震驚。不過我對他解釋說，除了她的殘障，還要加上唯一撫養她的老人是個聾子，從來不跟她說話，因此這可憐的孩子其實身處一種被徹底遺棄的狀態。於是他勸慰道，在這種情況下，我感到絕望是錯誤的，這僅僅是沒有對症下藥而已。

「你想開始建設，」他對我說道，「卻沒有先確保地基是否牢固。你要考慮到她的靈魂中一片混沌，連最原始的輪廓都沒有定型。一開始，必須集中聯繫某些觸覺與味覺，像貼標籤一樣，配上一種聲音、一個詞語，你對她反覆念誦，直到她聽到煩為止，然後試著讓她複述。

「尤其不要操之過急；你要定時教導，每次絕不可時間太長……」

「另外，這種方法絕不是什麼歪門邪道。」在對我細緻闡述之後，他補充道，「這不是我的發明，別人早有應用。你不記得嗎？我們一起學哲學的時候，教授在講到孔狄亞克[9]和他的活體雕像時，曾經與我們談論過一個類似的病例……」他又改口道：「或者是我後來在一本心理學雜誌裡讀到的……無關緊要。當時這讓我震驚，我還記得那個可憐孩子的名字，她比吉特呂德更慘，因為她不但失明，還聾啞，我不知道是上世紀中葉英

8 塔威山谷（Val de Travers）：位於拉布萊維納以南約十公里的山谷小鎮。讓・雅克・盧梭曾在此地居住。紀德在《如果麥子不死》中寫道：「必須在這個地方居住過才能真正理解盧梭的《懺悔錄》以及《遐想》，它們與他在塔威山谷的旅居生活有關。」在本書牧師教育吉特呂德的一些片段中，也可以發現盧梭《愛彌兒》的影子。

9 孔狄亞克（Étienne Bonnot de Condillac，一七一四－一七八〇）：法國哲學家，認為知覺的唯一來源是感官。在《官能論》中，孔狄亞克設想了一個具有人類感官能力的活體雕像，認知一片空白，沒有任何感官經驗。然後他依次喚起這個雕像的嗅覺、聽覺、味覺、視覺、觸覺，分析對其行為模式可能產生的各類影響，最後得出結論，人類透過感官獲取經驗，並在此基礎上形成各自的世界觀。

國哪個郡的醫生收留了她。她的名字叫蘿拉．布里吉曼[10]。這位醫生留下了一本日記——你也應該這麼做——其中記錄了孩子的各種進步，或者最起碼，記錄了在起步時他為了教育孩子所做的種種努力。日復一日，週復一週，他堅持讓孩子輪流觸摸兩個小物件，一根針和一支筆，然後讓她撫摸給盲人使用的特殊紙張上兩個凸起的英文單詞：pin（針）和pen（筆）。接連幾個星期，他一無所獲。這具軀體似乎無人居住。然而他沒有喪失信心。他說：『在我的印象裡，自己就像一個人趴在深邃幽暗的井口，不顧一切地搖著一根繩索，希望終究有一隻手會把它抓住。』[11]因為他沒有一刻懷疑過深淵底下有人，這根繩索最後一定會被抓住。終於有一天，他看到蘿拉無動於衷的臉上綻開了某種笑容。我完全相信此時此刻感激與愛的淚水一定奪眶而出，他一定會跪下感謝天主。蘿拉立刻明白了醫生對她的期望，她得救了！從這一天開始，她專心致志，進步神速，不久便開始自學，之後成為了一所盲人學校的校長——要不然做到這一點的就是另有其人……因為這類事例最近出現了不少，雜誌和報紙連篇累牘地報導，對這樣的人也能得到幸福爭先恐後地表示驚訝，在我看來有些愚蠢。事實是：這些被禁錮者都是幸福的，一旦他們被賦予了自我表達的機會，便會去講述他們的幸福。記者當然醉心於此，同時從中得出一條教訓：那些『享受著』五感的人，竟然還厚顏無恥地抱怨……」

談到這裡，馬爾丹與我之間發生了一場爭論，我抗拒他的悲觀主義，不能接受感官似乎像他假定的那樣，終究是為了折磨我們。

10 蘿拉・布里吉曼（Laura Bridgeman，一八二九－一八八九）：真實歷史人物。但馬爾丹大夫的描述並不準確。蘿拉・布里吉曼是美國人，在兩歲時喪失了視覺、聽覺、味覺。她從七歲起被美國醫生、盲人教育先驅薩繆爾・格德利・豪爾（Samuel Gridley Howe，一八〇一－一八七六）收養。豪爾在教育蘿拉的過程中曾留下詳細的日記記錄，後被其女兒以《薩繆爾・格德利・豪爾的書信與日記》為題在英國倫敦和美國波士頓出版，從而為紀德所知。

11 紀德在此翻譯了豪爾醫生日記中的原話：“It sometimes occurred to me that she was like a person alone and helpless in a deep, dark, still pit, and that I was letting down a cord and dangling it about, in hope she might find it.”

「這並不是我的意思，」他抗辯道，「我只是想說人類的靈魂更容易、也更願意去想像美、自在與和諧，而非去想像到處損害、敗壞、玷汙、撕裂這個世界的無序與罪惡，我們的五感告訴我們並幫助我們認識到這一點。因此，我更希望維吉爾『Fortunatos nimium（何其幸福）』的下一句是『si sua mala nescient（不知其惡）』，而非一直教誨我們的『si sua bona norint（自知其善）』[12]：人類何其幸福，如果他不知罪惡！」

接著他跟我談起狄更斯的一部短篇小說，他相信小說受到了蘿拉・布里吉曼事跡的直接啟發，並答應我盡快給我寄來。四天後我確實收到了這本《爐邊蟋蟀》[13]，頗有興致地看完了。故事有點長，不過哀婉動人，寫的是一位年輕的盲女，父親是貧窮的玩具製造商，為她維持著一個舒適、富裕和幸福的幻境。狄更斯的藝術技巧竭力把謊言當作虔敬，不過感謝上帝！我不必對吉特呂德用出這些手段。

從馬爾丹前來看望我的第二天起，我便開始竭力實踐他的方法。我現在很後悔，當初沒有像他勸告的那樣記錄下吉特呂德在這條黎明之路上邁出的最初幾步，一開始我自己也是一邊摸索一邊為她引路。在開頭幾週，需要常人難以想像的耐心，不僅因為這種早期教育需要時間，而且因為它令我遭受指責。讓我難以啟齒的是這些指責來自阿梅莉。我在此提及此事，並未心存任何惡意、任何酸楚——我對此莊嚴保證以防萬一之後這些書稿被她讀到。（耶穌在談及迷途羔羊的寓言後不是立刻便教導我們要寬恕別

12 語出古羅馬詩人維吉爾的《農事詩》，但詩中的拉丁語原文是："O fortunatos nimium sua si bona norint / Agricolas!" 直譯為：「哦，多麼幸福啊，如果他知道自己擁有怎樣的福運／農夫！」紀德藉馬爾丹之口對原文加以改寫，將原本與「厄運」對應的「福運」(bona) 理解為與「惡」對應的「善」。

13 英國作家狄更斯曾在一八四二年的《美國紀行》中摘錄過豪爾醫生如何教育蘿拉．布里吉曼的日記片段，並於一八四六年寫成《爐邊蟋蟀》，其中同樣講述了一個關於盲女的故事。紀德於一八九三年讀到了這部作品。

人的冒犯嗎？[14]）我還要說：在我遭到她的指責而感到最為難受的時候，我也無法怨恨她反對我在吉特呂德身上花費大量時間。我主要是責怪她不相信我的用心能夠獲得些許成效。是的，是這種缺乏信任讓我難過，不過這並未讓我灰心。有多少次我不得不聽她念叨：「如果你還能做出點成績……」她始終頑鈍地深信我的操心全是徒勞。因此對她而言，我把她始終認為更應該用在別處的時間耗費在這件工作上當然十分不妥。每次我管教吉特呂德時，她總會找機會對我反覆嘮叨有什麼人或什麼事等著我去處理，說我把本該花在別人身上的時間都用在了這裡。總之我相信是某種母性的嫉妒在煽動她，因為我不止一次聽到她對我說：「你從來沒有對自己的任何一個孩子如此用心。」這是真的。雖說我很愛我的孩子，但我從不認為需要為他們操心太多。

我經常感到，迷途羔羊的寓言對於某些人而言始終是最難理解的福音之一，儘管他們都發自內心地認為自己是基督徒。每一隻離群的羔羊，在牧人眼中可以比剩下所有集聚的群羊更加珍貴，正是這一點讓他們的理解力望之莫及。「一個人若有一百隻羊，一隻走迷了路，你們的意思如何？他豈不撇下這九十九隻，往山裡去找那隻迷路的羊麼？」——對於這些閃耀著慈悲之光的詞語，如果他們敢於坦誠相告，必定會宣稱這是最令人憤慨的不公。

吉特呂德最初的微笑讓我無比欣慰，百倍回報了我的辛勞，因為「若是找著了，我實在告訴你們：他為這一隻羊歡喜，比為那沒有迷路的九十九隻歡喜還大呢！」是的，實話實說，從未有我哪個孩子的笑容讓我的心沉浸於如此天使般純潔的歡樂中，某天早上我看到這種微笑從那雕像般的臉上透露出來，似乎當時她突然開始領悟許久以來我竭力教給她的內

14 迷途羔羊的寓言：詳見第十九頁注釋七。教導我們要寬恕別人的冒犯：見《新約・馬太福音》第十八章第二十一至二十二節：「那時彼得進前來，對耶穌說：『主啊，我弟兄得罪我，我當寬恕他幾次呢？到七次可以麼？』耶穌說：『我對你說，不是到七次，乃是到七十個七次。』」

容並對此產生興趣。三月五日。我把這個日期當作生日記錄了下來。這與其說是一個微笑，不如說是脫胎換骨。她的神情一下子鮮活起來，彷彿豁然開朗，如同阿爾卑斯山巔的一道紅霞，在黎明之前從黑夜中一躍而出，令其映照的雪峰顫動。這可謂一次神祕的著色過程。我還想到了天使降臨、喚醒死水時的畢士大池[15]。在吉特呂德突然呈現出的天使般的表情面前，我產生了一種狂喜，因為在這一瞬間，讓我感到降臨在她身上的愛的成分遠大於智慧。於是一種感激之情讓我心潮澎湃，我覺得在這秀麗前額印上的一吻是獻給上帝的。

這一最初的成果有多麼難以獲得，之後的進步就有多麼神速。今天我努力回想當時我們究竟走過哪些路。有時候吉特呂德跳躍般的進步對我而言簡直是對所謂方法的嘲諷。我還記得一開始我堅持強調物體的性質而非種類：熱、冷、溫、甜、苦、糙、柔、輕……然後是動作：隔開、靠近、舉起、交叉、放倒、打結、分散、收攏等等。不久之後，我就捨棄了一切方法，我開始與她交談，並不太擔心她的思路是否能始終跟上。慢慢地，我要求她並誘導她對我從容提問。在我任由她自由支配的時間，她的思維肯定也在運作：因為每次重新見到她，都會帶來新的驚喜，而我總會感到隔絕在我和她之間的夜幕變得愈發稀薄。我覺得，春的堅韌與風的和煦也正是這樣一點點戰勝了寒冬。多少次我曾讚歎積雪融化的方式：所謂表面維持原貌，內裡已經消融。每個冬天阿梅莉都會上當並且對我宣告：積雪從來沒有變化。大家以為雪還很厚，它卻已經在消失了，然後突然之間，四面八方重現生機。

我擔心吉特呂德終日像個老人那樣待在爐火邊身體會變得虛弱，便開

15 畢士大池（Piscine de Bethesda）：《新約．約翰福音》第五章第二至第四節記載：「在耶路撒冷，靠近羊門有一個池子，希伯來話叫作畢士大，旁邊有五個廊子。裡面躺著瞎眼的、瘸腿的、血氣枯乾的，許多病人。因為有天使按時下池子攪動那水，水動之後，誰先下去，無論害什麼病就痊癒了。」

始帶她出門。不過她只有握住我的手臂才同意出去散步。從她走出家門的那刻起，在她尚不知如何對我訴說之前，她最初的驚奇與恐懼便讓我明白了，她先前從未貿然走到室外。在我發現她的那間茅屋裡，沒有人真正照管過她，除了給她些吃的，幫助她不至於死掉——我都不敢說那叫「讓她活著」。她的黑暗天地被限定在這個她從未離開過的房間四壁之內。夏日裡，當房門對著光明的宏偉天地敞開，她曾艱難地冒險走到門檻邊。後來她曾對我說，當她聽見群鳥鳴唱，她曾把它想像成是一種陽光的單純效果，包括她感受到撫摸臉頰與雙手的暖意也同樣如此，況且她也沒有對這些加以深究。對她而言，空氣熱了會唱歌就像水靠在火邊會沸騰一樣自然。實際上，她從不關心這些事，對什麼都不加留意，直到我開始照顧她那天為止。我還記得，當我告訴她這些細微的聲響是活物發出的，她那無盡的狂喜，似乎這些活物唯一的功能就是感受和傳達自然世界散落各處的歡樂。（從那天起她就習慣說：我像一隻鳥兒那麼快樂。）然而一想到她無法親眼目睹這些歌聲中描繪的壯麗景象，她又開始變得憂鬱了。

「是真的嗎？」她問道，「大地像鳥兒描繪的那麼美嗎？為什麼不再多說一點呢？您為什麼不跟我說說呢？是不是想到我看不見，害怕我難過？您錯了。我完全聽懂了鳥兒，我相信我明白牠們想說的一切。」

「那些能看見的人沒有你那麼會聽，我的吉特呂德。」我對她說，希望能安慰她。

「為什麼其他動物不唱歌？」她又問道。有時候她的問題出乎我的意料，一時讓我感到措手不及，因為她逼迫我思考那些直到那時為止我未曾驚疑便加以接受的事情。於是，我生平第一次想到，動物被束縛得離大地越近就越沉重、越悲傷。這就是我試圖讓她明白的內容；接著我對她談起松鼠和牠們的遊戲。

於是她問我鳥類是不是唯一會飛的動物。

「還有蝴蝶。」我對她說。

「牠們會唱歌嗎？」

「蝴蝶有另一種表達歡樂的方式，」我接著說道，「這被銘刻在牠們翅膀的顏色裡……」然後我便對她描述蝴蝶的繽紛色彩。

2 月 28 日

我得回顧前情，因為昨天我任由自己扯遠了。

為了教育吉特呂德，我自己也必須學習點字，但很快她就變得比我更善於閱讀這種我辨認起來相當困難的字體，尤其是較之用手摸，我更願意用眼睛看。何況，我並不是唯一教導她的人。首先我很高興在這方面得到協助，因為我在此地有許多事情要做，這裡的住戶散落四方，於是我探訪窮人和病人有時必須走很遠的路。雅克在滑冰時摔斷了手，他聖誕期間回來和我們一起過節——因為他此前去了洛桑，在那裡完成了基礎學業並進入了神學院。骨折並不嚴重，我立刻喊來馬爾丹大夫，他沒有另找外科醫生便輕鬆幫他復位了。不過必要的靜養迫使雅克必須在家中逗留一段時間。他突然開始對此前從未關注過的吉特呂德關心起來，一心一意協助我教她讀書。他的協助只延續到他復元為止，大約三週，然而在此期間吉特呂德進步顯著。現在有一種不同尋常的熱情激勵著她。她的智力昨天還懵懂愚鈍，但似乎一旦邁出最初幾步，幾乎在學會走路之前，她便已經開始了奔跑。我讚賞她沒費多少力氣就能組織起思路，能夠迅速地開始自我表達，表述方式毫不幼稚，而且已然頗為準確。她在塑造觀念時，會借助那些我們剛剛教會她認識的事物，以及當她無法直接領會時我們為她講述和描繪的東西，而她塑造觀念的方式，對我們而言顯得那麼出乎意料、那麼充滿意趣。因為我們總是利用她能夠觸碰或感知的東西去解釋那些她無法直接感觸之物，工作方式就如同測距員一般。

然而我認為不必把這種教育的全部初始步驟記錄於此，這些內容大概在所有盲人教育中都能看到。對於每一位盲人，我想，色彩的問題都曾讓他的老師陷入同樣的困境。（對於這個課題，我注定會發現福音書中沒有任何地方提及色彩問題。）我不知道其他人怎麼處理這個難題。就我而言，我首先按照彩虹向我們展現的順序為她命名稜鏡折射出的各種顏色。但很快她的頭腦中就混淆了色彩與亮度。我意識到她的想像力無法對深淺色調的性質以及畫家所謂「明暗濃淡」做出任何區分。她在理解上遇到的最大困難就是每種顏色各自還可以有深有淺，相互之間還能夠無限調和。沒有什麼比這更加令她好奇了，她不斷回到這個話題上來。

不過我得到機會帶她去紐沙特，讓她聽上一場音樂會。交響樂中每一件樂器的角色讓我得以重新回到色彩的問題上來。我讓吉特呂德辨認銅管樂器、弦樂器與木管樂器的不同音色，感受每件樂器如何各自以或高或低的音強呈現完整音階，從最低音直至最高音。我讓她自己以同樣的方式去想像，在大自然中，紅色與橙色就類似於圓號與長號的音色，黃色與綠色就像小提琴、大提琴與低音提琴，紫色與藍色則可以聯想到長笛、單簧管和雙簧管。某種內在的狂喜從那一刻起取代了她的疑雲：

「這應該很美吧！」她反覆說道。

接著，她突然問：

「但是，白色呢？我不明白還有什麼像白色……」

這立刻讓我感到我的比喻是多麼不堪一擊。

「白色，」我還是試著對她說道，「是所有音調融合而成的高音極限，就像黑色是低音的極限。」——但對於這一解釋，我自己比她更不滿意。她立即讓我注意到，木管、銅管與弦樂器無論在最低音還是最高音時相互之間依然保持著明顯的區別。有多少次，就像此時此刻，我被問得不知所措，一開始不得不保持沉默，然後絞盡腦汁想究竟可以打個什麼比方。

「有了！」我終於對她說，「你把白色當作某種最純粹的東西，其中不存在任何色彩，只有光；而黑色恰恰相反，填滿了色彩，直到完全被遮住為止……」

我在這裡回憶這段對話片段，只是為了對我經常遭受的難題舉個實例。吉特呂德有一個優點，她絕不會不懂裝懂，不會像許多人經常做的那樣在他們的頭腦中填滿各種不確切或錯誤的論據，導致之後的推論全部失效。只要她沒有形成明確的看法，其中每一個概念都會令她局促不安。

對於我上面說到的內容，還增添了新的困難，因為在她的頭腦中，光線與色彩的概念最初連結得過於緊密，以致之後我下了最大的苦功才將它們分開。

就這樣，我不斷透過她進行實驗，去探究視覺世界究竟如何不同於聽覺世界，以及，彼此為了讓對方明白而試圖提煉的各種比喻究竟有多麼不高明。

29日

被我那些比喻占據了全部心神，我還未曾說起吉特呂德聽完這場紐沙特音樂會後的無限欣喜。那天演出的曲目恰好是《田園交響曲》[16]。我說「恰好」，因為不難理解，沒有什麼作品比這部交響樂是我更希望讓她聽到的。我們離開音樂廳許久之後，吉特呂德依然沉默不語，彷彿沉浸在迷醉之中。

「您看到的東西真的和這一樣美嗎？」她終於說道。

「和什麼一樣美，我親愛的[17]？」

「和『溪邊情景』[18]一樣。」

我沒有立刻回答，因為我思考著，這無法言喻的和諧所刻畫的不是現實存在的世界，而是可能存在的世界，它可以沒有邪惡，沒有罪孽。而迄今為止我還不敢對吉特呂德談論邪惡、罪孽與死亡。

「那些擁有雙目之人，」我終於說道，「並不懂得他們的幸福。」

「但我沒有眼睛，」她立刻大聲喊道，「我懂得聆聽的幸福。」

她一邊緊貼著我一邊走，像小孩似的壓著我的手臂。

「牧師，您感覺得到我有多麼幸福嗎？不，不，我這麼說不是為了讓您高興。您看我：當別人沒說真話的時候，從臉上難道看不出來嗎？而我，

16《田園交響曲》：貝多芬第六交響曲，創作於一八〇八年，共分為五個樂章。各樂章都有獨立小標題，分別為「到達鄉郊，復甦輕鬆的心情」、「溪邊情景」、「鄉民的快樂集會」、「暴風雨」，與「天霽後牧羊人的感恩之歌」，以交響樂描述大自然，並用音樂類比自然世界的真實聲響效果。

17「我親愛的」(ma chérie)：法語中長輩稱呼心愛晚輩的常用說法，類似於中文裡的「我的小心肝」。

18貝多芬在《田園交響曲》第二樂章「溪邊情景」中描繪了他陶醉於小溪邊美麗景致時的悠然感受。在樂章結尾處貝多芬用三種木管樂器分別模擬了三種不同的鳥叫聲。貝多芬在樂譜上明確標示：夜鶯（長笛）、鵪鶉（雙簧管）、布穀鳥（單簧管）。紀德在一九三一年的一篇文章中提到「貝多芬《田園交響曲》溪邊情景裡無法言喻的微笑」。

我從聲音裡就可以清楚地聽出來。您還記得那天在阿姨（她這樣稱呼我的妻子）指責您從來不知道為她做點什麼之後，您對我說您沒哭。我當時就喊道：『牧師，您騙人！』哦！我立刻從您的聲音中感覺到了，您沒有對我說實話。我不需要摸您的臉頰就知道您哭過了。」她大聲重複道：「不，我不需要摸您的臉頰。」——這讓我臉紅，因為我們還在城裡，路人頻頻側目。然而她還在繼續說：

「不應該試圖騙我上當，您看到了吧。首先是因為試圖欺騙一個盲人實在太卑鄙了……而且這騙不到我，」她邊笑邊補充道。「告訴我，牧師，您沒有不幸福吧？」

我提起她的手掌貼在我的嘴唇上，彷彿為了讓她感到我的一部分幸福便來自她，卻又不向她承認。與此同時，我回應道：

「不，吉特呂德，不，我並非不幸。我怎麼會不幸呢？」

「但是，您有時候會哭？」

「我哭過幾次。」

「從我說的那次之後沒再哭過吧？」

「沒有，從那以後沒再哭過。」

「您不會再想哭了吧？」

「不想，吉特呂德。」

「那您說……從那以後您還想要騙人嗎？」

「沒有，親愛的孩子。」

「您能向我保證再也不會試圖騙我嗎？」

「我保證。」

「那好！請馬上告訴我：我漂亮嗎？」

這個突如其來的問題讓我愣住了，尤其是直到那天為止我一直不願正視吉特呂德無可否認的美。再者，我認為她被告知這一點完完全全沒有用處。

「你知道這一點有什麼關係呢？」我立刻對她說道。

「這是我的心事，」她繼續說道，「我想知道自己是不是……怎麼跟您說呢？……我想知道自己在交響樂中會不會走調得太厲害。這個問題我還能去問其他什麼人呢，牧師？」

「一個牧師不會關心容貌之美。」我盡力辯解道。

「為什麼？」

「因為心靈之美對他已經足夠了。」

「您更願意讓我相信自己長得醜。」她嫵媚地噘嘴說道。這讓我無法繼續有所保留，我高聲說道：

「吉特呂德，您[19]要知道您長得漂亮。」

她不說話了，臉上帶著一副極嚴肅的表情，一直保持到回家。

我們一回到家中，阿梅莉便找到辦法讓我感到她對我一天的安排很不滿意。不過她之前一言不發，任由吉特呂德和我離去了。按照她的習慣，總是先任由別人去做，再保留事後斥責的權利。而且她從不明確地責難我。但她的沉默本身已然就是一種控訴。因為既然她知道我帶著吉特呂德去聽音樂會了，那詢問我們聽到了些什麼不是很自然嗎？這個孩子如果感到有人對她的快樂表現出最起碼的關心，不會增加她的喜悅嗎？阿梅莉也不是一直保持沉默，但她看起來似乎有意裝模作樣地只談那些最無意義的瑣事。直到夜裡，孩子都上床睡覺了以後，我把她單獨拉到一旁，嚴厲地問道：

「我帶吉特呂德去聽音樂會，讓你生氣了嗎？」結果，我得到了這樣的回答：

19 在牧師與吉特呂德對話時一貫使用「你」(tu)，這是長輩對晚輩的慣用稱謂。但在這裡牧師使用了「您」(vous)，其意義並非吉特呂德對牧師說話時所一貫使用的「您」這一敬稱，而是以這一嚴肅口吻表達對吉特呂德的重視，希望她充分認識到自己的美貌，甚至在這一稱謂中暗示了牧師把她當作同輩對待。

「你對她做的事從來沒為你自己的任何一個孩子做過。」

所以這始終是同樣的抱怨，始終拒絕理解寓言裡描繪的「大家為歸來的浪子慶祝，而非那些留下的孩子」[20]。讓我難過的還有看到她完全不考慮吉特呂德的殘障，而音樂對吉特呂德來說是唯一能夠期待的快樂。平時我很忙，如果說湊巧這天有空閒，阿梅莉的指責更顯得不公，因為她很清楚我的每個孩子不是有功課要做就是雜事纏身；而她自己、阿梅莉，對音樂毫無興趣，即便當她有一切時間可供支配，也絕不會冒出去聽音樂會的念頭，哪怕就在家門口。

更加讓我氣惱的是，阿梅莉竟敢在吉特呂德面前說這些話。因為儘管我把妻子拉到一邊，她還是提高嗓門讓吉特呂德能夠聽見。相比悲傷我更感覺憤怒。過了一會兒，當阿梅莉拋下我們之後，我走到吉特呂德身邊，握住她柔弱的小手貼在我臉上：

「你看！這次我沒有哭。」

「不，這次，輪到我哭了。」她說道，強顏向我微笑。在她向我抬起的美麗臉龐上，我突然看見已然淚水涔涔。

20 語出《新約．路加福音》第十五章第二十九至三十二節：「他對父親說：『我服事你這多年，從來沒有違背過你的命，你並沒有給我一隻山羊羔，叫我和朋友一同快樂。但你這個兒子和娼妓吞盡了你的產業，他一來了，你倒為他宰了肥牛犢！』父親對他說：『兒啊！你常和我同在，我一切所有的都是你的。只是你這個兄弟是死而復活、失而又得的，所以我們理當歡喜快樂。』」

3 月 8 日

我唯一能夠討好阿梅莉的，就是避免去做那些讓她不高興的事情。她唯一允許我做的就是這類完全消極的愛意表達。她根本無法意識到，她究竟已經把我的人生局限到了何種程度。啊！如果她要求我為她做一件難事，那真要感謝上帝！我會帶著多大的快樂去為她不顧一切、赴湯蹈火！但是似乎她對於一切不合常規之舉都深惡痛絕，於是對她而言，生活的進展僅僅是給過去增加幾天雷同的日子。她不期望新的美德，甚至不接受我有任何新的美德，而且不認為公認的美德能夠有所增益。除了馴服的本能之外，對於靈魂試圖從基督教義中看出其他內容而進行的一切努力，她即便不加以斥責，也會深表擔憂。

我必須承認自己完全忘記了阿梅莉的囑託，她之前讓我一到紐沙特，就去跟我們的縫紉商結帳，然後給她帶一盒棉線回來。但之後我對自己的惱怒遠勝她本人能發的火，尤其是我曾信誓旦旦絕不食言。另外，我深知「在最小的事上忠心的，在大事上也忠心」[21]——所以我害怕她將從我的遺忘中得出的結論。我甚至希望她斥責我幾句，因為在這件事上我實在罪有應得。但常情便是，想像的抱怨比明確的非難更加厲害：啊！人生會更加美好，我們的苦難將更堪忍受——如果我們只限於處理真實存在的痛苦，而不去傾聽我們精神中的幽靈與野獸……不過我在這裡信筆寫下的話已經可以作為一場布道的主題了（《馬太福音》第十二章第二十九節：「不要憂慮」[22]）。吉特呂德的心智與道德的發展過程才是我要在這裡追蹤的。

21 語出《新約．路加福音》第十六章第十節。
22 這句話實際出自《新約．馬太福音》第六章第三十一節：「所以不要憂慮，說：吃什麼？喝什麼？穿什麼。」和《新約．路加福音》第十二章第二十九節：「你們不要求吃什麼、喝什麼，也不要掛心。」

我這就言歸正傳。

我希望能夠在此一步一步追蹤這一發展過程，之前也已經開始講述其中細節。但除了缺少時間詳細記錄每一階段，今天要重新找出它們的確切關聯對我來說也極其艱難。我的敘述帶動著我，首先我報告了吉特呂德的思考，以及我與她的談話，這些都晚近得多，那些無意間讀到這幾頁的人聽到她立刻便能如此準確、如此合理地自我表達，多半會感到震驚。當然她的進步確實出人意料地神速：我常常讚歎，對於我帶給她的心靈糧食以及一切其頭腦能夠占有之物，她的精神捕捉得何其迅猛，藉由消化和不斷催熟將之化為己用。她總是讓我吃驚，不斷領先、超越我的思想，常常在前後兩次談話之間就令我對我的學生刮目相看。

不到幾個月，她的心智便不似曾經長久沉睡。甚至她表現出的智慧已然超越了大多數少女，因為外部世界令她們分心，無數無關緊要的心思耗盡了她們最主要的精力。另外，我認為她明顯比一開始我們感覺到的年紀要大。似乎她試圖轉而利用起她的失明，以致我有時懷疑，在許多方面，這種殘障對她而言是不是一種優勢。無意中我把她和夏洛特做了對比，在我輔導夏洛特溫習功課時，看到她因為有蒼蠅飛過而分心，我便想：「要是她看不見多好，就能更認真地聽我講了！」

吉特呂德對閱讀的渴望自不待言。不過，因為操心如何盡一切可能陪伴她的思想發展，我寧願她沒讀那麼多，或者說至少不要在我不在場時讀那麼多——尤其是《聖經》，這對於一位新教徒來說可能顯得很奇怪。我之後會在這方面加以解釋。然而，在涉及這一重大問題之前，我想先談論一件關於音樂的小事，據我回憶，事情發生的確切時間就在紐沙特音樂會之後不久。

是的，那場音樂會，我覺得應該在雅克回家度暑假前三週。在此期間，我不止一次讓吉特呂德坐在我們教堂的管風琴前，那個一貫由M小姐占據的位置上，吉特呂德現在就住在她家。露易絲·德·拉·M此前尚未開始教吉特呂德學音樂。儘管我對音樂充滿熱愛，卻並不懂多少，當我和她並排坐在鍵盤前，實在不覺得自己有能力教導她任何東西。

「不，讓我來吧，」她剛開始摸索便對我說，「我更想獨自試試。」

我也更願意離開她，因為教堂讓我感覺並不完全是一個為我和她閉門獨處的得體地點，一方面是出於對聖地的敬意，一方面是害怕閒言閒語——儘管平時我都盡力對此不予理會，但畢竟這裡還涉及她，而非僅僅只關乎我自己。每當有這一方向的巡迴探視任務召喚我，我便帶著她一直走到教堂，然後把她一個人留在那裡，常常讓她待上好幾個小時，回程時再去接她。她就這樣，耐心地，專注於發現各種和弦。我在臨近黃昏時重新見到她，她全神貫注，某個和音讓她沉浸在持久的陶醉中。

八月初的某一天，大約半年多以前，我去慰問一個貧窮的寡婦，碰巧她家裡沒人，於是我便回教堂接留在那裡的吉特呂德。她不會料到我回來得這麼早，而我極度驚訝地發現雅克在她身邊。他們兩人都沒有聽見我進來，因為我輕微的腳步聲被管風琴的樂音掩蓋。我天性不願窺私，但涉及吉特呂德的一切都讓我留心：於是我放輕腳步，偷偷爬上通向講壇的幾級樓梯臺階。絕佳的觀察位置。我必須指出，我停留在那裡的全部時間內，沒有聽見他們講出一句不能在我面前講的話。但他緊靠著她，有好幾次，我看見他握著她的手，引導她的手指按鍵。她接受他的觀察和指導，之前卻向我說她寧願不要，這難道不已經很奇怪了嗎？我感到的震驚和難過比我願意對自己承認的更多，而在我已經準備加以干預時，我看到雅克突然掏出懷錶。

「現在，我該離開你了，」他說，「我的父親快要回來了。」

於是我看到她放開手任由他抬到唇邊，然後他便走了。過了一會兒之後，我悄無聲息地走下樓梯，打開教堂大門，有意讓她能夠聽見並以為我剛剛進來。

「怎麼，吉特呂德！準備好回去了嗎？琴練得好嗎？」

「是的，非常好，」她用最自然的聲音對我說道，「今天我真的有些進步。」

一種強烈的悲傷盈滿我心，但對於我方才講述之事，我們兩人都沒有做任何影射。

我急於和雅克獨處。我的妻子、吉特呂德，還有孩子，一般晚餐後很早就回房了，留下我們倆勤勉夜讀。我等待著這一時刻。但在和他談話之前我感到如此心慌意亂，以致我不知如何提及這個令我坐立不安的話題，或是不敢提及。是他突然打破沉默，對我宣布他決定在我們身邊過完整個假期。然而，就在幾天之前，他剛剛告訴我們他準備去上阿爾卑斯地區旅行的計畫，妻子和我都極為贊同。我知道他的朋友T是他選定的旅伴，正在等他。同時讓我清楚地感到，這一驟變不可能和我剛剛撞見的那一幕無關。一開始，一種強烈的憤怒把我煽動起來，卻又擔心，如果我任其發作，我的兒子會從此徹底對我關閉心扉，同時也害怕言詞過激會讓自己後悔。我做出極大的努力克制自己並用盡可能平常的語氣說道：

「我原以為T還在等著你呢。」

「哦！」他回道，「他並不一定等著我，而且找人替我並不困難。我在這裡和在高地[23]一樣休息得很好，而且我真心認為，與其在山間奔波，我在家裡更能好好利用時間。」

「那麼，」我說，「你在這裡找到什麼事情可做了？」

他看著我，察覺我的語氣中略帶嘲諷，不過，因為還未識破其中用意，他便神色輕鬆地回應道：

「您知道我一向喜愛書籍勝過登山杖。」

23 高地（Oberland）：全稱「Oberland bernois」，「伯恩高地」，在德語中「Oberland」意為高地，瑞士位於阿爾卑斯山的部分地區，即上文所謂「上阿爾卑斯」，是世界聞名的旅行目的地。

「是的，我的朋友，」輪到我盯著他了，「不過你不認為風琴伴奏課程比閱讀對你更有吸引力嗎？」

他多半感到自己臉紅了，因為他把一隻手放在前額，彷彿為了躲避燈光。然而他幾乎立刻恢復了鎮定，他回答的聲音斬釘截鐵，而我原本希望不要這麼篤定：

「不要過分指責我，我的父親。我的本意並非向您隱瞞任何事，我正準備向您承認，而您僅僅搶先了一步。」

他沉著地說著，就像在念書，每說完一句話都帶著同樣的冷靜，似乎這與他自己無關一樣。他表現出的不同尋常的自制力終於將我激怒。他感到我要打斷他的話，於是舉起手，彷彿對我說：不，您可以之後再說，先讓我講完。但我抓住他的手邊搖邊說道：

「與其看著你給吉特呂德純潔的靈魂中帶去混亂，」我激烈地咆哮道，「啊！我寧可不再見到你。我不需要你承認！利用別人的殘障、天真和單純，我從沒想到你竟做得出這麼惡劣的無恥行徑，而且和我談論時帶著這種可憎的冷血！給我聽好了：我親自負責吉特呂德，我不能容忍你對她說話、摸她、看她，哪怕多一天也不行。」

「但是，我的父親，」他依舊以讓我勃然大怒的平靜回應道，「請相信我尊重吉特呂德，就像您能夠做到的一樣。如果您認為其中涉及什麼應受指責之事，您完全是誤會了，我要說：不但我的行為中沒有，而且我的意圖裡，乃至我內心隱祕處都沒有。我愛吉特呂德，而且我尊重她，我對您說實話，我像愛她那麼尊重她。意圖給她帶去混亂、利用她的天真與失明，對我而言和您認為的一樣惡劣。」接著他斷言，他想要成為她的一種支撐、一位朋友、一個丈夫。在尚未下定決心迎娶她之前，他不認為有必要和我探討此事。這個決心，吉特呂德本人也還不知道，我才是他優先談論這件事的對象。「這就是我本要向您承認的，」他補充道，「我沒有其他要和您坦白了，請相信這一點。」

這些話讓我大驚失色。一邊聽一邊感覺太陽穴狂跳。我只是準備斥責一番，隨著他把令我憤慨的理由一一駁倒，我感覺自己更加心煩意亂，等他講完，我已無話可說。

「去睡吧，」在漫長的沉默之後我終於說道。我站起身，把手按在他肩頭。「明天我會把我對這一切的想法告訴你。」

「至少告訴我您不再生我的氣了。」

「我需要夜裡好好想想。」

第二天我重新見到雅克時，真覺得自己是第一次正視他。突然我的兒子讓我感到不再是一個孩子，而是個青年了。只要我一直把他當成孩子，我在無意中發現的這份愛情就會令我感覺可怕至極。我花了一整夜時間勸說自己，相反的，這完全是自然和正常的。那麼我這愈發激烈的不滿究竟從何而來呢？讓我明白其中緣由還需少許時日。在此期間，我需要和雅克談談，並把我的決定告訴他。不過一種與良心同樣可靠的本能警告我必須不惜一切代價阻止這樁婚事。

我把雅克領到花園深處，在那裡我首先問他：

「你向吉特呂德告白了嗎？」

「沒有，」他對我說，「也許她已經感到了我的愛，但我還沒有對她明說。」

「那好！你要答應我不再對她提起。」

「我的父親，我答應聽您的，但我能否知道您的理由？」

我猶豫著要不要告訴他，也不知那些首先進入我腦海中的理由是否應該放在最前面講。老實說在這個問題上，良心對我行為的支配遠大於理性。

「吉特呂德太年輕了，」我終於說道，「你要考慮到她還沒有領過聖餐。你知道這個孩子和其他人不一樣，唉！她的成長已經被耽誤了很久。對於她聽到的第一次情話，她多半會像一貫待人接物那樣堅信不疑，而且過於敏感動情。正因如此，才不應該和她說這些話。占有一個無法自衛的人，這是卑劣之舉。我知道你不是這種人。你說你的感情無可指責，而我說這樣的感情有錯，因為為時過早。謹慎是吉特呂德還不具備的素質，所以我們要替她做到。這是一個良心問題。」

雅克有一個長處，為了約束他，只需要講幾個簡單的詞語——「我求你摸摸良心」，他童年時我就經常使用。不過我看著他，想到如果吉特呂德能看見，她也會情不自禁地欣賞這修長的高大身軀，如此挺拔又如此靈活，欣賞這沒有皺紋的漂亮額頭、這坦率的目光、這稚氣未脫卻又似乎被一種突如其來的嚴肅籠罩的面孔。他不戴帽子，頭髮灰白，留得很長，在兩鬢微微捲起，半掩著耳朵。

「還有一件事我想要求你，」我從同坐的長椅中站起來又說道，「你說，你有意明天動身。請你不要拖延了。你必須離家整整一個月，請你不要把這次旅行縮短哪怕一天。就這麼說定了？」

「好吧，我的父親，我聽您的。」

他讓我感覺變得極度蒼白，甚至雙唇也沒了血色。但我相信，屈服得如此迅速，他的愛不會太過強烈。我從中感到一種難以言喻的放鬆。而且，我對他的順服也很感動。

「我找回了曾經喜愛的孩子。」我溫和地對他說，把他拉到身邊，親吻他的額頭。他微微後退，不過我無意對此感覺不快。

3 月 10 日

我們的住宅太小，導致我們不得不蝸居於此。這對於我的工作而言有時頗為不便，儘管我在二樓保留了一個小房間，可以在那裡躲開別人或接待來客。但更為不便的是，當我想單獨和某個孩子交談，又不想讓對話顯得過於鄭重時，這種狀況卻偏偏會在這間會客室中發生，孩子將其戲稱為「聖地」，平時禁止入內。不過那天早上，天氣晴朗，雅克去紐沙特買登山鞋，午餐後幾個孩子和吉特呂德一起出門了，有時他們給她帶路，有時又換成她給他們帶路。（我要在這裡欣喜地指出夏洛特對她格外關心。）我們一向都在客廳喝茶，於是到了下午茶時間，我很自然地便和阿梅莉獨處一室。這正是我希望的，因為我急於和她談談。遇到與她面對面的機會是如此難得，以至於我感覺有些羞怯，而我要和她談話的內容的重要性更讓我慌亂，彷彿它涉及的，不是雅克的自白，而是我本人的心跡。在開口之前，我也體會到，兩個相愛的人，共同經歷著完全相同的人生，相互之間究竟可以處得（或變得）多麼互不理解與彼此隔閡。在這種情況下，無論是我們朝對方還是對方朝我們講出的話，都像敲擊鑽頭般哀怨地鳴響，提醒我們這隔牆的阻力，而如不加以注意，它還有變得更厚的危險……

「雅克昨晚還有今早和我談了。」她泡茶時我開始說道。昨天雅克的聲音有多篤定，今天我的聲音就有多顫抖。「他和我談起了他對吉特呂德的愛。」

「他和你談起這件事很好。」她沒有看我，繼續做她的家務，彷彿我對她提起了一件最平常不過的事情，或者說就好像我什麼都沒有告訴她。

「他和我說他想娶她，他的決心……」

「這是可以預料的。」她一邊囁嚅一邊微微聳肩。

「那你早就察覺了？」我有些煩躁。

「早就看出來了。不過這類事情男人不會注意的。」

因為反駁毫無用處，而且她靈巧的反詰中可能有一點點真實成分，我只是提出異議：

「既然如此，你本該提醒我。」

她的嘴角露出一絲僵硬的微笑，有時她便用這種表情伴隨並維護她的保留意見，同時她偏著頭搖了搖：

「一切你不會注意的事情都要我來提醒你嗎！」

這種含沙射影究竟意味著什麼？我不知道，也不想知道，於是不予理會：

「說到底，我本想聽聽你對這件事的看法。」

她歎了口氣，然後說道：

「你知道，我的朋友，我向來就不贊成這個孩子出現在我們家裡。」看到她又舊事重提，我好不容易才沒有當場發怒。

「這和吉特呂德的出現無關。」我回應道。但阿梅莉繼續說：

「我一直認為事情的結果只會讓人惱火。」

由於強烈想要息事寧人，我立即抓住了話頭。

「那麼你也認為這樣的婚姻是讓人惱火的。那好！這就是我想聽你說的，很高興我們有共識。」我還補充說雅克溫順地聽從了我講給他的道理，因此她不用再擔心什麼：他已經同意自己明天動身，旅行會持續整整一個月。

「你不希望他回來時會來這裡找吉特呂德，我比你更不希望，」我最後說，「我想最好把她託付給M小姐，我可以繼續去那裡看她；因為我毫不諱言自己對她負有真正的責任。這樣你也能擺脫一個讓你難以忍受的人。露易絲．德．拉．M會照顧吉特呂德，而且對這一安排表現得非常高興，已經歡欣雀躍地開始給她上音樂課了。」

阿梅莉似乎執意保持沉默，我又說道：

「為了防止雅克背著我們去那裡找吉特呂德，我覺得應該把情況告訴M小姐，你不認為嗎？」

我試圖用這樣的追問從阿梅莉那裡得到隻言片語，但她始終雙唇緊閉，彷彿已經立誓一言不發。於是我繼續開口，不是還有什麼要補充，而是因為無法忍受她的沉默：

「況且，雅克旅行回來之後也許已經療癒了他的愛情。在他的年紀，到底懂不懂自己的欲望？」

「啊！即便年紀大了，有的人也不見得就能搞懂。」她終於陰陽怪氣地說道。

她謎語般說教式的聲調惹怒了我，因為我生性直率，無法輕易適應這類神神祕祕的態度。我朝她轉過身，要求她解釋清楚其中到底暗示什麼。

「沒什麼，我的朋友，」她悲傷地回應道，「我只是想到前不久你還希望有人提醒你沒注意到的事情呢。」

「那又怎麼樣？」

「那麼我對自己說要提醒也不容易。」

我說，我向來反感故作神祕，原則上也拒絕弦外之音。

「你想讓我理解你，就盡量表達得明白點。」我用一種也許略顯粗暴的方式回應道，旋即便後悔了，因為我一瞬間看到她的雙唇在顫抖。她扭過頭，然後站起身，在房間裡遲疑地邁出幾步，腳步似乎有些踉蹌。

「好了，阿梅莉，」我大叫道，「為什麼你還在難過，現在不是一切都修復如初了嗎？」

我感覺自己的目光讓她難堪，於是轉過身，肘撐餐桌，手托著頭說道：

「我剛才對你說話太嚴厲了。對不起。」

這時我聽到她朝我走過來，接著感到她的手指輕輕放在我的額頭上，用一種溫柔而充滿哭腔的聲音說：

「我可憐的朋友！」

接著她便立刻離開了房間。

阿梅莉的話，當時讓我覺得神祕莫測，不久以後就完全明白了。按照它們最初讓我感受到的樣子，我如實一一記錄下來。而這一天我只知道一點：吉特呂德離開的時候到了。

3 月 12 日

我給自己規定了一項任務，每天必須把一些時間花在吉特呂德身上，根據每日工作的情況，幾小時或者片刻不等。在我與阿梅莉發生這場對話的第二天，我碰巧有空，加上晴好的天氣相邀，我便帶著吉特呂德穿過森林，一直走到侏羅山口。在那裡，晴天時，目光透過枝杈的帷幕，越過輕柔的薄霧，便會發現在被人類統治的廣袤國土之外，令人驚歎的阿爾卑斯雪峰。當我們抵達習慣的歇腳之處，太陽已然在我們左邊垂落。一片低矮濃密的牧場在腳下延伸。更遠處幾隻乳牛在吃草，在這山區牧群中，每頭牛的脖子上都掛著一個鈴鐺。

「牠們在描繪風景。」吉特呂德一邊聽著鈴

聲一邊說道。

像每次散步一樣，她要求我向她描述我們的駐足之地。

「不過，」我對她說，「你已經認識這裡了，這就是能讓我們看見阿爾卑斯山的那個森林邊緣。」

「今天看得清楚嗎？」

「它的壯麗一覽無遺。」

「您對我說過山色每天都略有不同。」

「今天我把它比作什麼呢？比作夏季白日的乾渴。在黃昏之前山色便要消融在暮色中了。」

「我希望您能告訴我，在我們面前廣闊的牧場上有百合花嗎？」

「沒有，吉特呂德。在這麼高的地方不會長百合花，要嘛只有某些稀有品種。」

「沒有人家說的野地裡的百合花嗎？」

「野地裡沒有百合花。」

「即使在紐沙特周圍的田野中也沒有嗎？」

「沒有野地裡的百合花。」

「那主為什麼對我們說『看看野地裡的百合花』[24]呢？」

「既然祂這麼說了，那麼在祂的時代或許有吧。但人類的耕種讓這些百合花消失了。」

「我記得您經常對我說，這片大地最需要的是信任與愛。您不認為只需更多一點信任，人類就能重新開始看見野地裡的百合花了嗎？而我，當我聽到這句話時，我向您保證我看到了。我向您描述一下，您願意聽嗎？——好像火焰之鐘，填滿愛意芬芳的蔚藍大鐘，在晚風中搖曳。您為

24 語出《新約．馬太福音》第六章第二十八節：「何必為衣裳憂慮呢？你想野地裡的百合花怎麼長起來，它也不勞苦，也不紡線。」

什麼對我說，我們面前沒有呢？我感覺得到！我看見花開遍了整片牧場。」

「那些花不會比你看見的更美，我的吉特呂德。」

「您應該說那些花不會不如我看見的那麼美。」

「那些花和你看見的一樣美。」

「『我告訴你們：就是所羅門極榮華的時候，他所穿戴的還不如這花一朵呢！』」[25]她引用基督的原話說道，聽見她如此婉轉的嗓音，我感覺自己彷彿第一次聆聽這些詞語。「所羅門極榮華的時候。」她若有所思地重複念誦，接著沉默了片刻。於是我說道：

「我對你說過，吉特呂德：那些擁有雙眼的人不懂得如何觀看。」這時我聽見從內心深處升起這句禱文：「父啊，天地的主，我感謝你！因為你將這些事向聰明通達人就藏起來，向卑微者就顯出來。」[26]

「您要是知道，」她欣喜若狂地大聲說，「您要是知道我想像這一切多麼容易就好了。喏！想要我向您描述這裡的風景嗎？……在我們背後，頭頂和四周，是高大的冷杉，散發著樹脂的香味，石榴紅的樹幹，幽暗細長的橫枝，當風試圖把它們壓彎時便發出呻吟。在我們腳下，色彩繽紛的廣闊牧場好像一本打開的書，倚靠在山巒這托架上，雲影讓它變藍，陽光把它染黃，它清晰的字詞便是那些花朵——龍膽、白頭翁、毛茛，還有所羅門美麗的百合花。群牛帶著鈴鐺過來認字，因為您說人類的眼睛是封閉的，於是天使來這裡讀書。在書的下方，我看見一條奶水蒸騰的大河，霧氣繚繞，遮住整座神祕之淵，這是一條無垠寬廣的河流，沒有對岸，在那邊、我們面前極遠之處，是耀眼奪目的秀麗阿爾卑斯……那裡正是雅克要

25 語出《新約．馬太福音》第六章第二十九節。

26 這句禱文改寫自《新約．馬太福音》第十一章第二十五節：「那時，耶穌說：『父啊，天地的主，我感謝你！因為你將這些事向聰明通達人就藏起來，向嬰孩就顯出來。』」《新約．路加福音》第十章第二十一節也有類似的語句：「正當那時，耶穌被聖靈感動就歡樂，說：『父啊，天地的主，我感謝你！因為你將這些事向聰明通達人就藏起來，向嬰孩就顯出來。父啊，是的，因為你的美意本是如此。』」牧師在此將原文中的「嬰孩」改為「卑微者」。

去的地方。您說：明天他真的要走嗎？」

「他明天必須走。他跟你說了？」

「他沒跟我說，但我明白。他必須離開很久嗎？」

「一個月……吉特呂德，我想問你……為什麼你沒有告訴我他去教堂找你的事？」

「他來找過我兩次。哦！我不想向您隱瞞，但我擔心讓您難過。」

「你不說才讓我難過。」

她的手摸索著我的手。

「他走了會傷心的。」

「告訴我，吉特呂德……他向你說過他愛你嗎？」

「他沒有向我說過，但沒有說我也感覺得到。他不如您那麼愛我。」

「那你呢，吉特呂德，看到他離開，你痛苦嗎？」

「我覺得他離開為好。我無法回應他。」

「但是你說說看：你，看到他離開，你痛苦嗎？」

「您很清楚我愛的是您，牧師……哦！為什麼您把手抽走了？如果您沒有結婚，我不會跟您這麼說。但沒人會娶一個盲女的。那麼我們為什麼不能相愛？您說，牧師，您認為這是惡嗎？」

「愛中從來沒有惡。」

「我在心中只感到善。我不想讓雅克痛苦。我不想讓任何人痛苦……我想要給予別人的唯有幸福。」

「雅克想過向你求婚。」

「您能讓我在他走之前和他談一談嗎？我想讓他明白他必須斷絕對我的愛。牧師，您明白，我不能嫁給任何人，對嗎？您會讓我和他談談的，對嗎？」

「今晚就談吧。」

「不，明天，在他臨走的時候。」

太陽在燦爛晚霞中漸漸落下。空氣溫潤。我們站起身，一邊說話一邊踏上了回程的幽暗小路。

第 二 冊

4月25日

我不得不把這本筆記擱置了一段時間。

雪已經化了，道路剛一重新打通，我就必須去履行村莊被長期隔絕期間不得不延後的大量事務。直到昨天，我方才得到了一絲空閒。

昨夜我把之前寫下的內容全部重讀了一遍……

今天我敢於對自己心中長久未被言明的感情直呼其名，我幾乎無法解釋我如何能把它誤認到現在；我曾引述的阿梅莉的那些話語，我怎麼會覺得神神祕祕；在吉特呂德天真的告白之後，我怎麼還會懷疑自己是否愛著她。這是因為，當時我絕不認同在婚姻之外允許存在愛情，與此同時，我對吉特呂德傾注的滿腔熱情，我也不認為從中可以看出任何違禁內容。

她那些表白的天真，還有它們本身的坦率都讓我安心。我心想：這是個孩子。真正的愛情不會沒有迷亂和羞赧。從我這方面來說，我說服自己，我愛著她就像愛一個殘障孩子，我照顧她就像照顧一位病人——我早已把這未經思考的衝動變成了一種道德責任、一份義務。是的，說真的，那天傍晚當她對我說出我記錄的那些話，我感到自己的靈魂如此輕鬆愉悅，以致我當時依舊在誤解自己，甚至在記錄這些言詞時也依然如此。因為此前我以為類似的愛情應受譴責，我曾認定一切應受譴責之事都會讓靈魂承壓，而當時我沒有感到自己的靈魂有任何負擔，我便不認為這是愛情。

我不但如實引述了這些談話，而且是在完全相同的精神狀態中將它們記錄在案。說實話，直到昨夜重讀時我方才省悟……

雅克一離開，我們的生活便又恢復了平靜。雅克臨走之前，我讓吉特呂德和他談了話，他直到假期結束前的最後幾天才回來，故意迴避吉特呂德或是只在我面前和她交談。按照約定，吉特呂德已經寄宿在了露易絲小姐家裡，我每天都去看她。不過，因為害怕重提那份愛，我佯裝不再和她談起任何能令我們感動的話題。我只以牧師的身分和她說話，通常露易絲都在場，我尤其關注她的宗教教育，讓她為復活節領聖餐一事做好準備。

復活節當天，我也同樣領了聖餐。

這是半個月前的事了。雅克在我們身邊度了一週假，讓我驚訝的是，他沒有陪我一起參加聖餐儀式。而我必須極為遺憾地說，阿梅莉也同樣放棄參加，這是我們結婚以來的第一次。彷彿他們事前已經串通好，決心藉由故意不參加這一莊嚴聚會來在我的歡樂上投下陰影。在此我更要慶幸吉特呂德無法看到這一切，而只有我一人承受這陰影的重壓。我太瞭解阿梅莉了，不會看不出在她的行為中摻雜著對我的間接指責。她從未公開非難於我，但會堅持以某種劃清界限的方式向我表明她的反對。

我想說，我對關注這類抱怨頗為反感，它可能壓抑阿梅莉的靈魂，直至令其偏離她本人的最高利益，對此我深感不安。回到家中，我誠心誠意地為她祈禱。

至於雅克為何拒絕參與，則是出於完全不同的因由，在我與他不久之後進行的一次談話中，真相大白。

5月3日

對吉特呂德的宗教教育引導著我以新的眼光重讀福音書。這愈發讓我感到，構成我們基督教信仰的許多概念並非出自耶穌的原話而是聖保羅[27]的闡釋。

這正是我不久前與雅克討論的主題。他的性格有些冷淡，他的心靈無法為其思想提供足夠的養分，於是變得保守而教條。他指責我在基督教義中選取「合我心意」的內容。但我從來沒有刻意選取耶穌的哪一句話。我只是在耶穌與聖保羅

27 聖保羅（saint Paul）：早期教會最有影響力的使徒，基督教第一代領導者之一，首先向非猶太人傳播耶穌福音，在小亞細亞與歐洲地區建立多個教會，影響深遠。《聖經．新約》中約有一半內容由他親手著錄。

之間選擇耶穌。因為害怕讓兩者相互對立，他拒絕把這兩人區分開來，拒絕感受他們各自啟示的差異；如果我對他說，我在這裡聆聽一個人，而在那裡聽到上帝，他便出言反對。他越是爭辯，越讓我相信：耶穌獨一無二的神聖語氣，哪怕在其隻言片語中也同樣存在，而他卻完全感覺不到。

我遍尋福音書，徒勞地尋找戒律、威脅、禁令……所有這一切只來自聖保羅。在耶穌的話語中是找不到的，正是這一點讓雅克難堪。與他相似的靈魂一旦感覺不到身邊的支柱、扶手與欄杆，就會自以為迷失。另外，他們難以容忍別人身上出現被他們主動放棄的自由，卻總想用強制手段去得到別人準備用愛給予他們的一切。

「但是，我的父親，」他對我說，「我也希望大家幸福。」

「不，我的朋友，你希望他們順服。」

「正是在順服之中存在幸福。」

我任由他結束了我們的對話，因為吹毛求疵令我不悅。不過我很清楚，試圖去得到那些僅僅是幸福之效果的東西，只會令幸福本身遭受損害——確實可以認為熱戀中的靈魂為其心甘情願的順服而喜悅，但沒有什麼比無愛的順服更排斥幸福。

總之，雅克頗為善辯，如果不是因為在一個如此年輕的頭腦中已經存在這麼多生硬的教條，讓我見了十分痛心，我多半會讚賞他論據的準確與邏輯的嚴謹。我經常感覺自己比他更年輕，感覺今天比昨天更年輕，我反覆念誦這句話：「你們若不回轉，變成小孩子的樣式，斷不得進天國。」[28]

在福音書中看出一種抵達真福生活的方法[29]，是否意味著背叛耶穌，

28 語出《新約．馬太福音》第十八章第三節。
29 德國唯心主義哲學家約翰．費希特（Johann Gottlieb Fichte，一七六二－一八一四）一八〇六年出版著作《真福生活勸言》，一八四五年該書被譯為法文，法文標題即為《抵達真福生活的方法》（*Méthode pour arriver à la vie bienheureuse*），紀德在一八九三年前後閱讀了這部著作，受影響頗深。

是否意味著對福音書的貶低與褻瀆？喜悅的狀態，對於基督徒而言是一種必不可少的狀態，卻被我們的懷疑與心靈的冷酷所阻礙。每一個生靈或多或少都有喜悅的能力。每一個生靈都必須追求喜悅。在這方面，吉特呂德的一個微笑傳授給我的，比我教她的那些課程更多。

耶穌的這句話曾經光輝閃耀地矗立在我面前：「你們若瞎了眼，就沒有罪了。」[30]罪孽，是令靈魂沉淪之物，是與喜悅對立之物。照耀著吉特呂德全部身心的完美幸福，正來自她毫不知曉何為罪孽。在她身上只有光明，只有愛。

我把「四福音書」、《詩篇》、《啟示錄》還有約翰的三卷使徒書信[31]交到她警覺的雙手中，她在其中可以讀到：「神就是光，在他毫無黑暗」[32]，就像在福音書中她已經可以聽到救世主說：「我是世界的光。跟從我的，就不在黑暗裡走。」我拒絕給她聖保羅的書信，因為，如果她眼盲，她便不知罪孽，至於「罪孽透過戒律獲得了新的力量」[33]（《羅馬書》[34]第七章第十三節）以及之後的一切論證，無論多麼令人讚賞，又何必令她在閱讀時因此而不安呢？

30 語出《新約．約翰福音》第九章第四十一節：「耶穌對他們（法利賽人）說：『你們若瞎了眼，就沒有罪了』；但如今你們說『我們能看見』，所以你們的罪還在。」耶穌的原意並非看重或讚美失明本身，而是對法利賽人揭露，他們所謂的「看見」其實是盲目的，是被欲望把控的。牧師在此處把耶穌口中隱喻意義的「瞎眼」和吉特呂德真實的失明做了合併，是一種個人化的經文應用。

31 「四福音書」包括《馬太福音》、《馬可福音》、《路加福音》、《約翰福音》，是《聖經．新約》的頭四卷，主要記錄耶穌的生平事跡，但四位記錄者的側重各不相同。

《詩篇》出自《聖經．舊約》，收錄以色列人讚美上帝的聖詩一百五十首。

《啟示錄》是《聖經．新約》最後一章，主要講述對未來的預警、對世界末日的預言、最後審判，以及耶穌再臨。

約翰的三卷使徒書信分別為《約翰一書》、《約翰二書》與《約翰三書》，談論如何生活、如何向道等等。

32 語出《新約．約翰福音》第一章第五節。

33 此處根據法文直譯而來，和合本《聖經》將該句譯作：「但罪藉著那良善的叫我死、就顯出真是罪，叫罪因著誡命更顯出是惡極了。」

34 《新約．羅馬書》是聖保羅寫給當時羅馬城基督教會的一卷書信，專門談論了罪孽與救恩等問題。

5 月 8 日

馬爾丹大夫昨天從拉紹德封過來。他用檢目鏡詳細檢查了吉特呂德的雙眼。他對我說之前和洛桑的眼科專家魯醫師談論過吉特呂德，他有必要把這次的觀測結果告知對方。他們兩人的意見一致：吉特呂德有做手術的條件。不過我們約定，在沒有進一步確定之前對她本人絕口不提。馬爾丹在會診後要告知我情況。讓吉特呂德燃起一個可能立刻熄滅的希望又有何益？——何況，她現在這樣不幸福嗎？……

5月10日

復活節時，雅克與吉特呂德又見面了，在我在場的情況下——至少雅克又見到了吉特呂德並且和她說了話，不過都是些無關緊要的內容。他表現出的並沒有我曾經擔心的那般激動，這再次讓我確信，如果他的愛真的無比熾烈，就沒有那麼容易低落下去，哪怕吉特呂德去年在他離開之前曾對他聲明他的愛必然毫無希望。我還注意到他對吉特呂德以「您」相稱[35]，這當然更好。我之前並沒有要求他這樣做，因此我很高興他自己領會了這一點。不可否認，他的身上還是有很多

35 在法語中，如果兩人之間以「您」相稱，一方面表示對於對方的尊敬，另一方面也表示相互關係的疏遠，還沒有到以「你」相稱的那種親密。

優點的。

然而我還是擔心，雅克的這種順從難免經歷過抗爭和掙扎。麻煩之處在於，他必須強加在其心靈上的束縛，現在讓他覺得這本身是正確的。他希望看到這種束縛強加在所有人身上。在我上文記錄的剛剛和他進行的討論中，我便感到了這一點。拉羅什福柯[36]不是說思想常常受心靈欺騙[37]嗎？不用說我不敢對雅克立刻指出這一點，因為我熟悉他的個性，我將他視為那種愈討論愈固執己見的類型。不過當天晚上，我恰好在聖保羅的論述中（我只能用他的武器與他戰鬥）找到了可以回答他的內容，我特意在他的房間裡留下一張便條，他在上面可以讀到：「吃的人不可輕看不吃的人，不吃的人不可論斷吃的人，因為神已經收納他了。」（《羅馬書》第十四章第二節[38]）

我本可以把下面這句話抄錄下來：「我憑著主耶穌確知深信：凡物本來沒有不潔淨的；唯獨人以為不潔淨的，在他就不潔淨了。」[39]——但我不敢，因為我擔心雅克推測我對吉特呂德心存不良，這一點即使在他的頭腦中一閃而過也絕不應該。顯然之前那句話涉及的是食物，但《聖經》裡有多少章節沒有被世人賦予雙重或三重意義呢？（「倘若你一隻眼」[40]，麵餅倍增[41]，迦拿婚宴上的神跡[42]等等）這並非吹毛求疵。該節經文的涵義廣泛而深遠：約束不能由律法強加，而是由愛決定的。因此聖保羅緊接著立即呼籲道：「你若因食物叫弟兄憂愁，就不是按著愛人的道理

36 弗朗索瓦·德·拉羅什福柯（François de La Rochefoucauld，一六一三－一六八〇）：法國作家，著有名篇《箴言錄》，指導人的日常言行。
37 語出拉羅什福柯一六七八年出版的《箴言錄》第一百零二條。
38 此處實際出處應為《新約·羅馬書》第十四章第三節。
39 語出《新約·羅馬書》第十四章第十四節。
40 參見《新約·馬可福音》第九章第四十七節：「倘若你一隻眼叫你跌倒，就去掉它！」
41 「四福音書」中均記錄了耶穌用五塊餅和兩條魚餵飽了五千人的神跡，細節略有出入。
42 參見《新約·約翰福音》第二章第一節至第十一節，講述了耶穌在婚宴上把水變成酒的神跡。

行。」[43]正是因為愛的缺席，我們才會被魔鬼攻擊。主啊！從我的心中移除一切不屬於愛的內容吧……因為我不該向雅克挑釁：第二天我在桌上看到了那張我之前抄錄經文的便條。在紙張背面，雅克僅僅謄寫了同一章中的另一段經文：「基督已經替他死，你不可因你的食物叫他敗壞。」（《羅馬書》第十四章第十五節）

我把整章重讀了一遍。這是一場無休止爭論的開端。而我怎麼能用這些困惑去折磨、用這些烏雲去遮蔽吉特呂德明媚的天空呢？當我教導她並讓她相信，唯一的罪孽是侵害別人的幸福，或者損害我們自己的幸福，難道我不是更接近耶穌，不是令她也更接近耶穌嗎？

唉！有些靈魂對幸福格外抗拒，無能，笨拙……我想到我可憐的阿梅莉。我不斷催促她、推動她，甚至想要強迫她走向幸福。是的，我想把每個人都托舉到上帝身邊。但她不斷避退，像某些無法在陽光下開放的花朵般自我封閉。她看到的一切都讓她不安和苦惱。

「你還想怎麼樣，我的朋友，」有一天她回答我說，「我又沒有條件生來眼瞎。」

啊！她的譏諷讓我悲痛，我需要怎樣的涵養才不至於坐立不安！她本該明白，在我看來，這種對吉特呂德殘障的影射尤其能夠對我造成傷害。而且，她讓我感受到，我對吉特呂德最為欣賞的，正是她無限的寬和：我從未聽到她對別人表達過任何抱怨。當然我也不讓她知道任何可能傷害到她的事情。

正如幸福的靈魂會藉由愛的輻射向身邊傳播幸福，阿梅莉周圍發生的一切都陰鬱憂愁。阿米爾[44]曾寫過他的靈魂放射黑光[45]。訪貧問苦、探望

43 語出《新約．羅馬書》第十四章第十五節。
44 亨利－弗里德里克．阿米爾（Henri-Frédéric Amiel，一八二一－一八八一）：瑞士哲學家。他去世後出版的《私人日記》對紀德影響極大。
45 這句話並非嚴格的引文，而是紀德對阿米爾語句的模仿。

病患，在奮戰一天之後，我在夜色降臨時歸家，往往筋疲力盡，一心渴求休息、關愛、溫暖，而在家中我常常只能得到憂慮、指責和爭執，相比之下，有無數次我寧可選擇戶外的寒風冷雨。我很清楚我們的老羅薩莉固執己見，但她並非永遠錯誤，而且阿梅莉企圖讓她屈服時也不是一貫有理。我很清楚夏洛特和加斯帕爾吵得厲害，但如果阿梅莉在他們後面叫嚷得輕一點、次數少一點，難道不會得到更好的結果嗎？那麼多的叮囑、告誡、訓斥磨平了他們的稜角，好像沙灘上的卵石。孩子因此受到的干擾遠不如我本人劇烈。我很清楚小克勞德正在長牙（至少每當他開始哭鬧時，他的母親總是這麼認定），但只要他一哭鬧，她或者莎拉就立刻跑過去不停地寵溺，這不是在鼓勵他這麼做嗎？我堅持認為如果當我不在家時放任不管，讓他徹底哭個夠，那麼幾次之後，他一定會鬧得少些。但我也很清楚那樣她們只會哄得更加殷勤。

莎拉像她的母親，這讓我本想把她送進寄宿學校。唉！在她這個年紀，她母親剛剛和我訂婚，但她並不像她母親那個時候的樣子，卻像她母親被物質生活的無數操勞造就出的樣子，我甚至想說是生活操勞的栽培（因為毫無疑問這些操勞是阿梅莉一手培育的）。當然，今天我確實難以在阿梅莉身上認出那從前對著我心靈的每一次高貴衝動微笑的天使，我曾夢想她與我的生命不分彼此地融合為一，她曾經讓我覺得她總是走在我前面，引領我走向光明——也許那時候是愛情欺騙了我？……因為我在莎拉身上發現她和她母親一樣，只關注庸俗之物，終日忙於各種無關緊要的操勞，甚至她臉上的五官也死氣沉沉，好像僵化了一樣，沒有飛揚出任何一點內心的火焰。她對於詩歌、對於任何一點閱讀沒有任何興趣。在她和她母親之間，我從未發覺任何能夠讓我樂意參與的談話，我在她們身邊比抽身回到書房後更加痛苦地感覺到自己的孤獨，於是我養成習慣愈發頻繁地回歸書房。

我還養成了另一個習慣。自從去年秋天以來，趁著迅速降臨的夜色、每次巡訪工作允許，亦即當我可以早些回來的時候，我都會去M小姐家喝杯茶水。我還沒有說起，自從去年十一月以來，露易絲．德．拉．M與吉特呂德一同收容了馬爾丹提議託付給她的三個失明女童。這次輪到吉特呂德去教她們閱讀以及如何應用各種小活計，對此，這些女孩已經表現得相當熟練。

每一次走進穀倉[46]的熱烈氛圍，對我而言是多麼安寧舒適，有時如果一連兩三天不能過去，又造成我多大的損失。不用多說，M小姐直接收留了吉特呂德和三個小寄宿生，無須為供養她們感到局促或苦惱。三位女僕忠心耿耿地幫助她，免去了她的一切辛勞。不過我們能不能說財富與閒暇終於更有價值了呢？露易絲．德．拉．M一生悉心照顧窮人。這是一顆極為虔誠的靈魂，彷彿生來便是為了向這片大地奉獻自己，彷彿活著就是為了愛。儘管她花邊軟帽框住的頭髮幾乎已經斑白，卻沒有什麼比她的微笑更加童真，沒有什麼比她的舉止更加勻稱，沒有什麼比她的嗓音更加動聽。

吉特呂德學會了她的風度、她的說話方式、某種語調的頓挫，不僅包括聲音，還有思想，以及整個人——我常拿她們兩人的相似性開玩笑，而她們中的任何一人都不樂意正視這一點。如果我有時間，就會在她們身邊逗留，看她們坐在一起，吉特呂德時而把額頭靠在她朋友的肩上，時而把手放在她朋友的掌中，聽我朗誦拉馬丁或雨果的詩句，讓我感覺多麼愜意；凝視這些詩歌在她們兩人澄澈靈魂中的倒影，讓我感覺多麼愜意！即便是那些小學童也不是無動於衷。這些孩子，在這種和平與愛的氛圍裡，異乎尋常地成長並獲得了引人注目的進步。當露易絲小姐說起要教她們跳舞，既為了健康也為了娛樂，一開始我只報之以微笑；但今天我無比讚賞她們做出的各種動作中充滿律動的優雅，哎！可惜她們自己卻無從欣賞。然而露易絲·德·拉·M卻說服我相信，她們雖然無法看見這些動作，卻可以透過

46 M小姐私人莊園的別稱。

肌肉感知它們的和諧。吉特呂德也一起跳這些舞蹈，帶著一種優雅、一種迷人而美好的優雅，而且在其中獲得了最強烈的愉悅。時而露易絲·德·拉·M會和孩子一起玩遊戲，吉特呂德則坐在鋼琴前。她在音樂方面的進步令人驚訝；現在她每個星期天都會坐在教堂的管風琴前，在聖詠開始前即興演奏幾首短小的前奏曲。

每週日，她都來我們家吃午餐。我的孩子見到她都很高興，儘管他們的愛好越來越不同。阿梅莉沒有過於表露她的神經質，一餐結束毫無障礙。之後全家人帶著吉特呂德去穀倉，在那裡吃點心。對我的孩子而言這就是一個節日，露易絲寵愛他們，並且送給他們許多糖果。阿梅莉也無法對這樣的盛情無動於衷，終於展露笑顏，重煥青春。我相信，她在這趟乏味的人生列車中，今後將很難放棄這一站。

5月18日

現在晴好的日子又回來了，我又能夠帶著吉特呂德出門，我已經很久沒有這麼做了（因為近來又落了幾場雪，道路直到前幾天還處在極其糟糕的狀態中），我已經很久沒有和她單獨相處了。

我們走得很快，強風吹紅了她的面頰，不斷把她的金髮揚到臉上。當時我們正沿著一片溼地行走，我摘下幾根開花的燈芯草，把莖幹悄悄塞在她的貝雷帽下面，然後和她的頭髮編織在一起以作支撐。

我們幾乎還沒有說過話，重新單獨相處讓我們都有些愕然，這時吉特呂德朝我轉來她沒有目光的面孔，突兀地問道：

「您相信雅克還愛我嗎？」

「他已經決定和你了斷了。」我立刻回答道。

「但您相信嗎，他知道您愛我？」她又說道。

自從去年夏天我記錄過的那次談話以來，半年多時間已經過去，在我們之間沒有重提關於愛情的隻言片語（對此我亦驚訝）。我說過，我們一直沒有單獨見面，這樣更好……吉特呂德的問題讓我的心臟劇烈跳動，令我不得不略微放慢步速。

「但是，吉特呂德，每個人都知道我愛你。」我高聲說道。她沒有上當。

「不，不，您沒有回答我的問題。」

一陣沉默之後，她低著頭說道：

「我的阿姨阿梅莉知道這件事，而且我明白這讓她難過。」

「沒有這件事她也難過，」我用很沒自信的語氣抗議，「她難過是她性格如此。」

「啊！您總是想讓我安心，」她焦躁地說道，「但我並不想要安心。我知道，有很多事，您不讓我瞭解，害怕讓我不安或對我造成痛苦。有太多事我不知道，結果有時候……」

她的聲音變得越來越低；她停了下來，彷彿氣息已盡。此時，我接過她的話頭問道：

「有時候？……」

「結果有時候，」她悲傷地繼續說道，「我受惠於您的一切幸福都讓我覺得是建立在無知之上。」

「但是，吉特呂德……」

「不，讓我對您說：我不想要這樣的幸福。請您理解，我……我並不想要幸福。我更想知道。有很多事，肯定是很多悲傷的事，我無法看見，但您無權對我隱瞞。冬天的幾個月裡我想了很久。我害怕，您看，整個世界並不像您曾經讓我相信的那麼美好，牧師，甚至相差甚遠。」

「確實，人類經常令塵世變醜。」我戰戰兢兢地推論道，因為她思想的衝擊力讓我畏懼，我試圖扭轉頹勢卻又對成功充滿絕望。似乎她等的就是這句話，因為她立刻抓住這一點，彷彿有了這節鏈環，整根鏈條都合了起來。

「就是這樣，」她喊道，「我想確定自己沒有往罪惡裡增加什麼。」

我們繼續沉默地快步行走了很久。所有我原本能對她說的話都提前遭到了我腦海中她所思所想的反對，我擔心引出什麼決定我們兩人命運的語句。這時我想起馬爾丹對我說過的話——也許有辦法讓她重見光明，一種強烈的焦慮縛住了我的心。

「我想問您，」她終於說道，「但我不知道怎麼說……」

毫無疑問，她鼓起了全部勇氣，於是我也鼓起全部勇氣去聽。但我如何能預料到，折磨著她的問題竟然是：

「盲女的孩子出生也必定失明嗎？」

我不知道這場對話究竟把她還是我壓得更加難以喘息，但現在我們必須繼續談下去。

「不，吉特呂德，」我對她說，「除非極為特殊的情況，否則沒有任何理由讓他們也是盲人。」

她似乎如釋重負。我本想反過來問她為什麼對我提這個問題，但我缺乏勇氣，只能笨拙地繼續說道：

「不過，吉特呂德，要有孩子，先得結婚。」

「不要和我說這些，牧師。我知道這不是真的。」

「我對你說過的都是可以大大方方對你講的話，」我反駁道，「不過人類與上帝的律法所禁止的，自然的律法卻能允許。」

「您經常對我說上帝的律法就是愛的律法。」

「這裡談論的愛不再是所謂的愛德[47]。」

「您是用愛德在愛我嗎？」

「你很清楚不是，我的吉特呂德。」

「那麼您承認我們的愛逃離了上帝的律法嗎？」

「你想說什麼？」

「哦！您很清楚，這不該由我來說。」

我徒勞地嘗試迂迴，我的論據潰不成軍，我的內心也因此敗退。我狂亂地高喊道：

「吉特呂德……你認為你的愛有罪嗎？」

她糾正道：

「是我們的愛……我想我應該這麼認為。」

「然後呢？……」

我忽然發覺自己的聲音裡彷彿帶著某種哀求，而她一口氣把話說完：

「但我不能停止愛您。」

這一切都發生在昨天。一開始我猶豫著是否要寫……我甚至不知道這次散步是如何結束的。我們步履匆忙地行走，彷彿是為了逃離，我把她的手臂緊緊挽在身邊。我的靈魂至此已然離體——讓我感覺路上一塊最小的碎石也會讓我們兩人翻倒在地。

47 愛德（charité）：基督教中將信德、望德、愛德稱為「超性三德」。三德是信徒保護自己並與魔鬼戰鬥的永恆行為標準。在其中，愛德永不失敗或止息，因為它始終通向永恆。

5 月 19 日

馬爾丹今天早上又來了。吉特呂德可以手術。魯醫師肯定了這一點，並要求把她交託給他一段時間。我無法表示反對，不過，我怯懦地請求讓我考慮一下。我請求交由我負責讓她慢慢適應……我的心本該因歡欣而跳動，但我卻感到它壓迫著我，因一種難以言喻的焦躁而沉重。一想到必須告知吉特呂德她的視力恢復有望，我就悵然若失。

5月19日夜

我又見到了吉特呂德，什麼也沒對她說。在穀倉，今晚，因為客廳空無一人，我便上了樓，直接走到她的房間。只有我們獨處其中。

我把她長久地抱在懷裡。她沒有做出絲毫抗拒的動作，當她向我抬起額頭，我們的雙唇相遇了……

5 月 21 日

主啊，祢讓夜色如此深沉美麗，是特意為了我們嗎？是特意為了我嗎？空氣溫潤，月光從我敞開的窗間灑入，我聆聽著天空無邊的寧靜。哦，天地萬物雜糅的愛意把我的心融入一種無言的狂喜。我能做的只有狂熱地祈禱。如果愛有某種限制，這種限制並非來自您，我的上帝，而是來自人。無論我的愛在別人眼中顯得多麼有罪，哦！請告訴我在您眼中它是神聖的。

我努力讓自己超越罪孽的概念。但罪孽讓我感覺似乎不可容忍，我也絕對不願拋棄耶穌。不，我絕不接受愛上吉特呂德是犯罪。我無法從心中拔除這份愛，除非拔除我的心靈本身，為什麼？就算我已經不愛她了，我也必會出於對她的憐憫而愛她。不再愛她，就是對她的背叛：她需要我的愛……

主啊，我再也不知道……我知道的只有您，請指引我吧。有時讓我感覺自己在黑暗中沉淪，世人將為她恢復視力，而我的已經被剝奪。

吉特呂德昨天住進了洛桑的私人診所，二十天以後才能出院。我懷著極度惶恐等待著她的歸期。馬爾丹會把她送回來。她要我答應在那之前不要試圖去看她。

5 月 22 日

馬爾丹來信：手術成功了。感謝上帝！

5 月 24 日

一想到必須被她看見，而直至此刻為止她一直愛著我卻沒有見過我——這個念頭對我造成了難以忍受的困窘。她會認出我嗎？生平第一次我對著鏡子焦慮地端詳。如果我感到她的目光不像她的心靈那樣寬容與深情，我該怎麼辦？主啊，有時讓我覺得自己需要她的愛去愛您。

5 月 27 日

新增的工作讓我得以度過最近這些天，而不至於過度焦躁。每件令我無暇他顧的事務都值得讚美。不過從早到晚，透過一切事物，她的形象都伴隨著我。

明天她就要回來了。阿梅莉在這一週之間只對我展現她性格中最好的一面，似乎一心想讓我忘記那位缺席者，現在與孩子一起準備慶祝她的回歸。

5 月 28 日

加斯帕爾和夏洛特採摘了一切他們能夠在森林和牧場中找到的花朵。老羅薩莉製作了一個巨大的蛋糕，莎拉用金箔飾以我說不清的圖案。我們等待她中午到來。

我用寫作熬過這段等待。現在十一點。我不斷抬頭朝路上看去，馬爾丹的汽車必定會從那裡駛近。我克制自己不要出去和他們相會：考慮到阿梅莉，最好還是不要單獨前去迎接。我的心在向外衝……啊！他們來了！

28日夜

我沉入何其可憎的黑夜！

憐憫，主啊，憐憫我吧！我放棄對她的愛，但求您不要讓她死去！

所以我之前擔心得多麼有道理！她做了什麼？她到底想做什麼？阿梅莉和莎拉對我說她們陪她一直走到了穀倉門口，M小姐在那裡等她。後來她又想出門……到底發生了什麼？

我嘗試著理清自己的思緒。我聽到的內容莫衷一是，要嘛不可理解，要嘛彼此矛盾。一切都在我的頭腦裡亂成一團……M小姐的園丁剛剛把不省人事的她送回穀倉。他說看見她沿河行走，之後穿過花園拱橋，接著俯下身，然後就消失了。但最開始他並沒有意識到她落水了，沒有像他本該做到的那樣立刻趕過去。他在小船閘附近找到了她，水流把她帶到了那裡。當我不久之後重新看到她，她依然沒有恢復意識，或者至少是又昏迷了過去。因為幸好搶救及時，她甦醒了片刻。馬爾丹，感謝上帝當時他還沒有離開，但他難以解釋她何以陷入這樣的僵直和麻木。他徒勞地詢問，她似乎什麼也聽不見，或者已經下定決心一言不發。她的呼吸依然非常急促，馬爾丹擔心有肺部充血。他用了芥子泥和火罐，並答應明天再來。錯誤在於大家一開始忙於搶救，讓她在溼透的衣物中悶了太久。河水冰涼，只有M小姐從她那裡問出了隻言片語，認定她是想去採摘河邊生長茂盛的勿忘我，大概還不善於估算距離，或者把浮游的花毯當成了堅實的土地，於是突然失足落水……如果我能相信就好了！說服自己這只是一場意外，我就能從靈魂上移除多麼可怕的重負！整頓午餐無論如何都那麼歡快，其間一種怪異的微笑卻一直沒有離開她的面孔，當時就讓我心中不安。我從未見過她這種不自然的笑容，但我竭力相信這和她新獲得的視力有關。這種笑容如淚滴般從雙眼流到臉上，在她旁邊，其他人庸俗的快樂都像對我的冒犯。似乎她發現了什麼祕密，如果我和她單獨在一起她一定會告訴我。她幾乎什麼也沒說，不過這並不令人驚訝，因為旁邊有人，又都興高采烈，她往往會保持沉默。

主啊，我懇求您：請允許我和她談談。我需要知道，不然我怎麼活下去呢？……然而，如果當時她真想自盡，會不會正是因為已經知道了？知道了什麼？我的朋友，所以您[48]到底聽說了什麼可怕的事情？我到底對您隱藏了什麼致命之事，而您猛然間看到了呢？

我在她床頭守了兩個多小時，眼睛一刻不離她的額頭、她蒼白的臉頰、她那在不可名狀的悲愁之上重新閉合的柔弱眼瞼，還有她四周鋪展在枕邊如海藻般依舊溼潤的長髮——聆聽著她不規則而局促的呼吸。

48 此處牧師對吉特呂德的稱謂再次換成了「您」，表示莊重、嚴肅。

5 月 29 日

今天早上，當我準備前往穀倉時，露易絲小姐正好差人來喊我。在度過一個較為平靜的夜晚之後，吉特呂德終於從昏迷中甦醒過來。當我走進臥房時她對我微笑，示意我坐到她床頭。我不敢詢問她，她肯定也畏懼我的問題，因為她立刻開口和我說話，彷彿是為了預防一切感情流露：

「所以這種我想在河邊採摘的藍色小花，您是怎麼稱呼的？顏色和天空一樣藍？您比我更靈巧，您願意採一束給我嗎？我會把它放在那裡，在我的床邊……」

她嗓音中偽裝的愉悅讓我難過，她無疑也明白這一點，因為她更加嚴肅地補充道：

「今天早上我不能和您說話了。我太累了。

去為我採這些花吧，您願意嗎？您待會兒再來。」

一小時之後，我為她帶來一束勿忘我，露易絲小姐卻對我說，吉特呂德又休息了，在天黑以前不能接待我。

今晚，我又見了她。堆在她床頭的幾個靠墊支撐著她並幾乎讓她保持坐姿。現在她的頭髮束在一起編成辮子盤在額頭上，插著我為她帶回來的勿忘我。

她肯定發過燒，顯得非常氣虛。她用滾燙的掌心握住我伸出的手。我站在她旁邊：

「我必須向您承認一件事，牧師，因為今晚我怕自己會死，」她說道，「今天上午我對您撒謊了。那不是為了採花……如果我對您說我當時想自殺，您會原諒我嗎？」

我跪倒在她床邊，握住她纖弱的手掌。但她把手抽出來，開始撫摸我的額頭，當時我把臉埋進被子裡，以此向她掩藏我的眼淚，壓低我的嗚咽。

「您認為這很糟嗎？」她溫柔地問道。接著見我一言不發，她又說：

「我的朋友、我的朋友，您看得很清楚，我在您的心靈和生活中占據了太大的位置。當我重新回到您身邊，這立刻就讓我感覺到了，或者說，至少我占有的位置原本屬於另一個人，而且她為此感到悲傷。我的罪過在於沒有更早察覺這一點，或者說至少——因為我其實早就知道了——依然放任您愛著我。但是當她的臉一出現在我面前，當我在她不幸的臉上看到那麼多悲傷，我再也無法承受這樣的想法，這些悲傷都是我的傑作……不，不，您不要自責。但是讓我走吧，把歡樂還給她。」

她的手停止了撫摸我的前額。我抓住它，用無數的親吻和眼淚將其覆蓋。但她不耐煩地把手抽了回去，某種新的焦慮開始讓她激動起來。

「我原本想說的不是這些。不，我想說的不是這些。」她重複道。我看見汗水浸溼了她的額頭。接著她垂下眼皮，一時間雙目保持緊閉，彷彿要讓思想集中，或者重新尋回她最初的失明狀態。她的嗓音一開始緩慢而憂傷，接著當她重新睜開雙眼，卻立刻提高嗓門，然後愈發激動直至激烈無比：

「當您給予我視力，我的雙眼朝世界睜開，世界比我夢想中存在的樣子更美。千真萬確，我沒有想到白天這麼明淨，空氣這麼耀眼，天空這麼廣闊。但我也沒有想到人的額頭這麼瘦削。當我走進您的家，您知道在我面前最先出現的是什麼嗎……啊！無論如何我必須告訴您：我最先看到的，是我們的錯誤、我們的罪孽。不，不要抗辯。您記得耶穌的那句話：『你們若瞎了眼，就沒有罪了。』但是現在，我看見了……站起來，牧師。坐在這裡，坐我旁邊。聽我講但不要打斷我。在我住院期間，我讀到了，或者說，我請人為我念了，《聖經》中那些我還不瞭解的段落，那些您從未念給我聽過的段落。我記得聖保羅有一段話，我反覆背誦了一整天：『我以前沒有律法是活著的，但是誡命來到，罪又活了，我就死了。』[49]」

她說話時的狀態極端亢奮，聲音很高，最後幾個字幾乎尖叫了出來，想到有人能在外頭聽見，我覺得很難堪。接著她閉上雙眼，呢喃地重複著這最後幾個字，彷彿自言自語：

「罪又活了，我就死了。」

我渾身戰慄，內心被某種恐懼凍結。我試圖轉移她的思路。

「誰給你念這些段落的？」我問道。

「是雅克，」她一邊說一邊重新睜開雙眼，凝視著我，「您知道他改宗[50]了嗎？」

這太過分了，我正要懇求她住口，她卻已經繼續說了下去：

「我的朋友，我將給您造成許多痛苦，但我們之間不應留下任何謊言。當我看到雅克時，我突然明白了，我曾經愛的不是您，是他。他完完全全

49 語出《新約．羅馬書》第七章第九節。
50 雅克原本信仰新教，之後改信天主教。

擁有您的面孔。我想說的是我想像中您擁有的面孔……啊！為什麼您讓我把他趕走？我原本可以嫁給他……」

「但是，吉特呂德，你依然可以這麼做。」我絕望地大喊道。

「他已經發願[51]了，」她激動地說道，哽咽讓她全身顫抖，「啊！我想向他懺悔……」她在某種恍惚中呻吟著……「您很清楚留給我的只有死亡。我口渴。去叫個人，我請求您。我透不過氣。讓我一個人待著。啊！和您這樣一說，我希望能輕鬆一些。離開我。離開彼此。我再也無法忍受看到您。」

我把她單獨留下。請M小姐替我留在她身邊。她的極端激動讓我十分擔心，但我必須說服自己，出現在那裡只會加重她的病情。我要求一旦病情惡化立刻通知我。

51 發願意味著雅克當了神父，在天主教中代表終身不娶，將自己徹底奉獻給上帝。

5月30日

唉！我只應在她入睡時再去看她。今天早晨，日出時分，在一夜譫妄與煎熬之後，她過世了。基於吉特呂德的最後遺願，M小姐發電報通知了雅克，他在她死去幾小時後趕到。他殘忍地指責我沒有及時召請一位天主教神父。但我又能怎麼做呢，我還不知道吉特呂德在洛桑住院期間已經發誓棄絕[52]，這顯然是被他慫恿的。他向我同時宣布他本人與吉特呂德均已改宗。這樣兩人便同時離開了我。似乎他們在人生中被我拆散，便計畫從我身邊逃離，然後在上帝那裡重聚。但

52 發誓棄絕指公開宣布放棄原先的信仰。吉特呂德原本隨牧師信新教，後在醫院中隨雅克信了天主教。

我相信在雅克的改宗行為中摻雜的理性成分要多於愛情。

「我的父親，」他對我說，「由我來指控您並不合適，但正是您的錯誤榜樣給我指明了道路。」

雅克離去之後，我跪倒在阿梅莉身邊，請求她為我祈禱，因為我需要幫助。她只是背誦「我們的父……」[53]，不過在每個小節之間留下長時間的停頓，由我們默默的哀禱填滿。

我想哭[54]，但我感到自己的心比沙漠更加乾澀。

---

53 語出〈主禱文〉，基督教最為人所熟知的禱詞，開篇為：「我們在天上的父，願人都尊你的名為聖，願你的國降臨，願你的旨意行在地上，如同行在天上……」

54 此處存在異文：「我想祈禱，但我感到自己的心比沙漠更加荒蕪。」區別在於前半句中動詞究竟是「祈禱」(prier) 還是「哭泣」(pleurer)。法國伽利瑪出版社二〇〇九年「七星文庫版」安德烈・紀德《小說與敘述》第二卷中使用的是「祈禱」，法國學術界一般以該版本為準。但「哭泣」亦流傳甚廣，前人中譯及英譯也多選用「哭泣」。此處讀者可自主做出選擇。

譯後記

我被引導著：《田園交響曲》中的敘事與現實

早在民國時期，安德烈·紀德的作品便得到了中國文壇的注目，尤其是《田園交響曲》，這部紀德發表於一九一九年的作品，一九三五年便由麗尼經英譯本轉譯成中文，收入了巴金主編的《文化生活叢刊》，暢銷全國。一九三六年，海派作家穆木天從法語直譯的《牧歌交響曲》出版，及至當代，則有馬振騁、李玉民等翻譯名家在此一試身手。對於這部紀德的經典之作，漢語世界亦不缺少精彩的評論。一九四八年，著名紀德研究專家、紀德的中國友人盛澄華先生便在一篇文章中寫道：

> 這場戲的精彩處正是牧師自身那種崇高的虛偽。他欺騙著自己，以為他自己的舉動才是正當的，才是上帝的意志；而殊不知人的愛欲較人自身還強，而這愛欲又極能藉道德的庇護而騙過了自己的良心。人們往往能設法尋覓種種正大高尚的名義去掩飾自己的卑怯行為，因此紀德以為愈是虔誠的人，愈怕回頭看自己。因此固有的道德的假面，才成為他唯一的屏障、唯一的藏身之所。這也就是所以使牧師信以為他對盲女的愛欲只是一種純潔無瑕的慈愛。[55]

盛澄華的這段評論，點明了《田園交響曲》的主題之一：「牧師自身那種崇高的虛偽」。我們知道，在紀德的設計中，整部《田園交響曲》都是牧師書寫的私人日記，牧師是整個故事的唯一敘述者。這就涉及兩個問題，第一，牧師究竟講述了一個什麼故事？第二，牧師是如何講述這個故事的？關於小說中牧師的虛偽一面，論者甚眾，而論述方向則往往集中在：牧師講述的這個故事內容本身何其虛偽，他如何不斷地自我欺瞞。關於這一點，相信讀者在掩卷之餘，多半有所體會，我也無意在此多加贅述。我想從另一個角度對此加以論述，就是牧師講述這個故事的方式本身究竟有何虛偽性。關於這一點，在文本的字裡行間，留下了頗多微妙的線索，紀德對於人性的深刻把握，也在這些片言隻字中充分地得到了展現。

「被引導著」與「落入我腦海」

在小說伊始，亦即整冊牧師日記的開篇處，牧師便開宗明義地交代，他要趁著空閒，回顧他與盲女吉特呂德之間的故事：

55 盛澄華，《盛澄華談紀德》，廣西師範大學出版社，二〇一二年版。

我將利用這次強制禁閉帶來的閒暇，藉機回顧往昔，講述我曾經如何被引導著去親自照顧吉特呂德。

從這段話開始，牧師逐漸引出了他與吉特呂德之間的整個前因後果。換句話說，這段論述其實是小說實質上的「開篇」，其重要性不言而喻。正是在這段話中，我們發現了一個非常奇特的表達：「被引導著」，法語原文是「**je fus amené**」。在法語中，這是一個被動語態，有一種被別人、被外物、被環境強拉著去做某事的意味。用這樣一個表述去帶出自己「親自照顧吉特呂德」的事實，在法語中相當罕見，也極其出乎讀者的意料，顯得十分不同尋常。同時，這一用法在紀德筆下也不常見，以《背德者》、《窄門》，和《田園交響曲》為例，「**je fus amené**」這樣的表述方式僅在此處出現過一次。換言之，這並不是紀德本人的習慣用語，而是他為牧師量身定做的言辭。所以，我們當然要問，牧師為什麼會用「je fus amené」這樣的表述?其中是否暗藏著某種深意呢?

答案是肯定的。這個被特意使用的被動語態,強調不是「我」主動去照顧吉特呂德,而是「我」彷彿在某種外在的命令要求下被動地一步一步開始照顧她。這個外在的命令是什麼?從牧師的身分來看,我們當然可以理解成是上帝的旨意,也就是說,牧師覺得自己親自照顧吉特呂德,一開始並非出自他的本心,而是上帝的律令、是牧師的職責。我們知道,在西方世界,牧師作為上帝旨意在人間的代行者,他們在言談之間把自己放在一個謙卑的位置,把自己視為上帝的某種工具,因此常常使用一些類似的被動語態句式,這本身是可以理解的。

而另一方面,如果我們從潛意識的角度揣摩牧師的心態,這一被動語態的使用,其實也暗示出他極為特殊的心態:根據故事的時間發展順序,牧師在一八九幾年二月十日開始動筆,這一時間點恰恰處於他對吉特呂德暗生情愫卻又尚不自知的階段,直到第二冊開頭的四月二十五日他才徹底省悟：「今天我敢於對自己心中長久未被言明的感情直呼其名，我幾乎無法解釋我如何能把它誤認到現在」。紀德讓牧師在這樣一個特殊的時間段開始記錄他的故事，這一設計堪稱精妙，我們甚至可以推斷，牧師真正的寫作動機，並非大雪封山後的閒來無事，而是在大雪封山的日子裡無法見到吉特呂德導致他心中思念（因為她當時已經搬去了M小姐家裡），繼而不自覺地用寫作去回應心中的愛意。但他在理性中卻不承認這種愛，故而把寫作的理由歸結為「閒暇」，所謂「閒暇」，其實不過是愛的藉口罷了。

在牧師心中，潛意識的本我已經愛上了吉特呂德，而意識的超我卻不斷否認這種愛意，壓抑這種欲望，不斷以道德和理性對這種世俗不許可的愛予以修正，將其在表面上加以合理化。

正是這種內在的衝突造成了他詭異的用詞方式，「je fus amené」這個表述本身，其實就是這種心理狀態導致的結果，其中暗藏著這樣一層意思：我是被動的，與吉特呂德的這段關係不是我主動投入的，責任不在我。

這層意思，未必是牧師頭腦中清晰明確的想法，更多是他的超我壓制本我過程中在語言與思維層面自然形成的結果。

因此，儘管「我被引導著」這樣的表述從中文角度看顯得頗為拗口，卻必須加以保留，如果單純為了照顧中文習慣而將其處理成「敘述我是怎樣照顧起吉特呂德來的」或者「談談我收養吉特呂德的由來」，就遮蔽了牧師行文中微妙的內心波動。同樣的例句還有：

> 由我親自照顧這個貧苦孤女的念頭並沒有立刻落入我腦海中。不過在我完成祈禱之後——更確切地說，當我身處鄰居與小女僕之間祈禱之時，她們兩人都在床頭跪著，我自己也跪著——這突然讓我感到是上帝在我的道路上設置了某種義務，我不可能在逃避它時不顯得懦弱。

這段話出現的位置同樣相當關鍵。牧師抵達死去的窮苦老婦人家，看到了留在屋中的盲女，與女鄰居略作溝通，最終決定把這個貧苦孤女帶回家親自照顧，所有的故事都由此而起。而在牧師的表述中，我們注意到，他的用詞是：「**Il ne me vint pas aussitôt à l'esprit……**」（這個念頭並沒有立刻落入我腦海中）。

換言之，照顧盲女的念頭並不是牧師主動想出來的，而是從外面「來到、落入」他腦海裡的。牧師為什麼不寫「一開始我並沒有想到由我自己來照顧這個可憐的孤女」或者「我沒有立即想到收養這個可憐的孤兒」呢？結合上文的事例，這些帶有被動接收性質的表述反覆出現，充分說明了牧師獨特的思維慣性，他並不覺得，或者主觀上並不承認，在這件事上真正的主導者是他本人，他只是聽從了某種召喚，是某種念頭落入了他的腦海，而非本人發自內心的決斷。

與「我……被引導著」一樣，在這其中，同樣存在超我對本我的壓制。

這樣的表述方式，無疑是紀德刻意為之，是他對牧師深層次心理的一種設計，這一點，需要讀者高度重視，也值得從這一角度出發，對牧師的心態加以揣摩和體悟。

敘事與現實

從上文的兩個事例中，我們可以看到，作為整個故事的唯一敘述者，牧師在敘事過程中微妙的心態，以及由此而來對於現實的某種偏轉。從這一點出發，我想籠統地談一談《田園交響曲》中敘事與現實的關係問題。首先需要釐清一點，那就是在這部小說中，一共存在三個層次：

第一，真實發生的現實。

第二，牧師親歷或者目睹的現實。

第三，牧師對其親歷或目睹之現實的敘述。

這三個層次，在小說中常常是不統一的。不僅牧師的敘述與他的經歷之間存在偏差，因為他的敘述並不完全客觀中立，總是在有意無意之間為自己辯護；而且他的經歷與真實發生的現實之間同樣存在距離，因為他有限的視角無法獲知全方位的整體，包括他眼見的部分現實也同樣帶有他自身的理解和判斷。

以雅克和吉特呂德的感情故事為例，在牧師的敘述中，他覺得雅克和吉特呂德之間的感情並不深刻，只是少男少女之間的好感而已。而他真正目睹的，其實僅僅是兩人在教堂中一起彈琴的一幕。這是牧師親眼所見的唯一實例，至於在彈琴之外，兩人如何從相識發展到一起彈琴，在彈琴之外還有過哪些精神、心靈方面的交流，牧師其實一無所知，所以文本中的敘事也是一片空白。而讀完全書，掩卷沉思，讀者不難察覺，兩人之間的感情恐怕遠沒有牧師所描述的那麼淺淡。

又比如，吉特呂德在復明階段與雅克重逢之後的改宗，在牧師看來：

這顯然是被他（雅克）慫恿的。他向我同時宣布他本人與吉特呂德均已改宗。這樣兩人便同時離開了我。似乎他們在人生中被我拆散，便計畫從我身邊逃離，然後在上帝那裡重聚。但我相信在雅克的改宗行為中摻雜的理性成分要多於愛情。

而事實上，改宗，作為在精神信仰甚至於整個人生觀、價值觀方面的根本性轉變，其內在動機無疑要複雜、深刻得多，絕不僅僅是為了「從牧師身邊逃離」這樣的外在原因而已。牧師的這一認知，完全是從他自己出發，甚至是以自我為中心的一種判斷。

換句話說，牧師其實並不清楚雅克與吉特呂德之間真正的情感脈絡，也不瞭解他們實際的所思所想，對他們價值觀轉變的內在動機也缺乏認識。對於讀者而言，通過牧師的敘述，我們能夠做到的，其實是從牧師的單一視角出發去發現一系列敘事空白，至於那個「真實發生的現實」，則需要進一步展開想像去加以回填。

又比如，全書中的兩個主要女性，阿梅莉與吉特呂德，這兩個人物的形象也同樣出自牧師的描述。因此，從牧師自己的感受出發，阿梅莉顯得面目可憎，似乎被生活壓垮了理想，變得市儈庸俗；而吉特呂德，則是他生命中的天使、人生的曙光，無比純潔美好。

事實上，阿梅莉並不那麼可恨，她僅僅是一個辛勞的母親，為家中每個人的生活起居殫精竭慮，在柴米油鹽面前選擇了務實。牧師筆下的阿梅莉，描寫的與其說是阿梅莉的平庸和不堪，不如說是他自己內心的躁動和不滿。

同樣，天使般純潔的吉特呂德，也同樣是牧師的一種認知，甚至於是一種一廂情願。尤其是，身為盲人，似乎吉特呂德天然與世界的汙濁絕緣，也更容易得到讀者的同情，她在牧師筆下展現出的純潔也就變得理所當然，似乎牧師描述的吉特呂德就是真實的吉特呂德。但是，如果我們把牧師的濾鏡去掉，從一個更加中立的態度來觀察這個人物，我們會發現這個女性其實頗不簡單。例如牧師記錄的這段對話：

「那您說……從那以後您還想過騙人嗎？」

「沒有，親愛的孩子。」

「您能向我保證再也不會試圖騙我嗎？」

「我保證。」

「那好！請馬上告訴我：我漂亮嗎？」

這個突如其來的問題讓我愣住了，尤其是直到那天為止我一直不願正視吉特呂德無可否認的美。再者，我認為她被告知這一點完完全全沒有用處。

面對這段對話，我們當然可以像牧師一樣認為，吉特呂德是純真的盲女，她這樣問是帶著童心的天真爛漫。不過，這幾句話如果出自斯湯達爾或者福樓拜筆下，由瑞納夫人或者艾瑪．包法利說出來，那麼，當這位女性問出「請馬上告訴我：我漂亮嗎？」的時候，讀者就會很自然地想到，這是對於異性的試探甚至暗示。那麼，從吉特呂德的角度出發，除了純真地好奇自身長相之外，她問牧師自己漂不漂亮，是不是想知道自己對牧師而言是否有吸引力呢？更進一步，吉特呂德住在牧師家裡，顯然很清楚他和阿梅莉不睦的關係，身處其中，根本不需要「親眼所見」，不需要等到復明手術成功之後才能「看到」，那麼，當她對牧師產生愛意甚至偷嘗禁果之時，究竟是怎樣的心態呢？這些問題並沒有定論，但值得讀者去加以思考。

又比如吉特呂德復明後對牧師說的一段話：

「我的朋友，我將給您造成許多痛苦，但我們之間不應留下任何謊言。當我看到雅克時，我突然明白了，我曾經愛的不是您，是他。他完完全全擁有您的面孔。我想說是我想像中您擁有的面孔……啊！為什麼您讓我把他趕走？我原本可以嫁給他……」

如果一直相信牧師的敘述，這段話就會顯得很難理解。「我曾經愛的不是您，是他。他完完全全擁有您的面孔。我想說是我想像中您擁有的面孔。」這句話的出現，顯得十分突兀甚至難以理解，之所以難以理解，恰恰是因為牧師之前對吉特呂德的描述都帶著他本人的一廂情願，他相信吉特呂德愛他，而且只愛他一人，所以忽略、遮蔽、掩蓋了一些他自己不願正視的內容。

而吉特呂德的這句自白至少能夠讓我們明白，她對於牧師的感情以及她對於雅克的感情，和牧師本人的設想頗為不同。吉特呂德真正的情感狀態，在文本中其實留有空白，需要我們跳出牧師的敘事去加以重構。人性的複雜，也正是在這些留白之間充分地凸顯了出來。

在紀德構思小說之初，曾經給這部作品草擬過好幾個標題，比如《盲女》、《盲女日記》、《年輕的盲女》。從這一系列標題便可以看出，紀德最初的重中之重是盲女吉特呂德。這一點在作品中也留下了痕跡，比如文中提到的狄更斯的《爐邊蟋蟀》，以及一系列與盲人教育有關的片段，都是紀德在創作階段進行的知識儲備。

而隨著《田園交響曲》的最終定稿，我們不難發現，牧師的分量在作品中愈發突出。他既是故事的參與者、記錄者，也是立場不太中立的旁觀者，是不徹底的自我剖析者。這一系列身分的交織，使得讀者在閱讀《田園交響曲》的過程中，一邊在觀看牧師與吉特呂德的故事，一邊也在觀看牧師自己如何講述這個故事。而這個故事，偏偏完全建立在牧師的敘述之上，不斷受到牧師敘述的突出或壓縮、美化或醜化。

所以，文本中的吉特呂德，一方面是真實存在的盲女，另一方面則是牧師眼中的形象、是牧師個人理想的外化和投射。吉特呂德的純真，也透露出牧師內心的純真。如果只用「虛偽」兩字對牧師蓋棺定論，其實是不完整、不全面的。牧師有虛偽的一面，這一點從他講述故事的方式中便可一目了然，但與此同時，他也擁有美好的理想和純真的感情訴求，這種近乎於矛盾的複雜人性，正是紀德作品的高超之處。

真實發生的現實、牧師親歷或目擊的部分現實、牧師對這部分現實帶有個人角度或目的的敘述，以及最終讀者通過這一敘事所瞭解到的故事，在這四者之間，交織出一個看似簡單實則複雜的文本。在讀者最終看到的故事與幾位人物真實發生的現實經歷之間，其實隔著好幾重變形和偏移。

所以，面對這部作品中的任何一個描述、任何一種判斷，讀者都需要思考，在這種描述和判斷中，究竟蘊含著牧師這個書寫者怎樣的動機、目的，和心態？除了牧師記錄下來的部分，還有多少是他沒有看見、不曾瞭解甚至刻意回避的內容？而他片面的認知，又在多大程度上左右了他的敘述？當我們開始思考這些問題時，牧師的形象就會變得更加立體，作品的容量也會迅速得到擴充。

因此，面對《田園交響曲》這樣一部三萬多字的短小作品，我們不僅要關注牧師在他的日記中寫了什麼，還要重點思考，他為什麼這麼寫，以及他沒寫什麼、為什麼不寫。牧師在敘事中留下的文本空隙，甚至有可能衍生出一個和他的敘述大相徑庭的故事、一部隱藏在「明文」背後的「暗文」，而這同樣是《田園交響曲》不可分割的一部分。

對於這樣一個文本，可以談論的話題還有很多，比如文本中涉及的宗教問題、比如作品與紀德人生的關係問題、比如《田園交響曲》與紀德其他作品的關聯性問題等等。這些問題都值得專門進行探討，不過若要對它們加以回答，則需要引入大量其他文獻作為參照和支撐，難免會與作品本身拉開距離。又比如，作為一篇導讀，一般來說應該談談小說的文意，把其中涉及的主題加以提煉並闡釋一番。例如文本中「罪孽」、「眼盲」等概念，都值得進行細緻的剖析。但在我看來，這些內容恰恰需要讀者自己去體悟，這些紀德藉由牧師之口提出的話題，催促著讀者以自身的性靈和經驗為依託去加以追問與反思。同理，對於牧師、雅克、阿梅莉、吉特呂德這些人物的價值判斷，也需要由讀者自己去完成。無論讀者最終持何種觀點，都需要發現並重視牧師的敘事策略以及文本中留下的空白，這一點，是一切理解不可或缺的基礎。因此，在這篇譯後記中，我能做或者想做的，其實是梳理《田園交響曲》本身，向讀者呈現如何把它當作一部「文學」作品去加以閱讀。簡而言之，就是給出《田園交響曲》的閱讀方法，而非具體的感悟或者「答案」。

在我看來，關鍵在於兩點：第一，充分地代入牧師的身分，不僅是去體驗一個故事，而且要沉浸到牧師的字裡行間，從「我……被引導著」、「落入我腦海」等等表述中揣摩牧師內心深處的心理動態；第二，勇敢地跳出牧師的敘述，去發現敘事中的空白，大膽地展開想像，對敘事中缺失的情節和邏輯進行填補。做到這兩點，便能真正體會到，紀德作為一代文豪，他對敘事技巧舉重若輕的絕妙運用，以及他對複雜人性入木三分的深刻洞察。

二〇二二年一月

安德烈・紀德年表

一八六九年（出生）

十一月二十二日，安德烈・紀德誕生於巴黎美第奇街十九號。他是家中獨子。父親保羅・紀德是巴黎大學法學院羅馬法教授，來自法國南部小城于澤斯；母親茱麗葉・隆多出生於北部盧昂的工業巨頭家族。

紀德幼年時代經常去他母親位於諾曼第拉羅克的莊園以及舅舅亨利・隆多位於庫沃維爾的宅邸中避暑。前者成為了《背德者》中「莫里尼埃爾」的原型，後者則是《窄門》中「封格斯瑪爾」的來源。

除此之外，紀德也經常去祖母位於于澤斯的家中小住，法國南部的風光，尤其是南北之間的強烈對比給他留下了深刻印象。

一八七六年（七歲）

紀德開始跟隨格克林小姐學習鋼琴。

一八七七年（八歲）

紀德進入著名的私立阿爾薩斯學院，插班三年級，數週後因「不良習慣」被學校開除。

一八七八年（九歲）

在母親的哀求與醫生的威脅之下，「不良習慣」暫時得以「治癒」，紀德重新進入阿爾薩斯學院，復讀三年級。

一八八〇年（十一歲）

十月二十八日，紀德的父親突然去世，享年四十八歲。

十一月，紀德退學，前往盧昂，在舅舅埃米爾·隆多家暫住，與表姊瑪德萊娜（Madeleine Gide）交好。此後，在很長一段時間內，紀德由於健康因素，沒有接受正常的學校教育，以家教私人授課為主。

一八八一年（十二歲）

紀德陪母親前往蒙皮利，短暫入學初中一年級，遭到同學霸凌，為了逃避上學開始裝病。

一八八二年（十三歲）

紀德先後在法國各地進行了一連串治療。

十月，紀德進入阿爾薩斯學院初中二年級，月底由於頭痛再次退學。

十一月，紀德在盧昂發現舅媽瑪蒂爾德．隆多出軌，見證了表姊瑪德萊娜的悲痛情緒，意識到自己對瑪德萊娜的愛意。這一插曲後來被他寫進了《窄門》。

一八八三年（十四歲）

年初，紀德與母親以及母親的教廷老師兼好友安娜．夏克勒頓一同前往蔚藍海岸度假。

七月，現場觀看了安東．魯賓斯坦的音樂會。

一八八四年（十五歲）

五月十四日，安娜．夏克勒頓去世。安娜的孤獨死令紀德深受觸動，《窄門》結尾阿麗莎之死的靈感便來源於此。在構思《窄門》之初，紀德曾設想：「我從安娜之死獲得靈感，打算寫一個故事，題目大概可叫《論安然死去》，後來則成了《窄門》。」

一八八五年（十六歲）

六月一日，紀德參加了維克多．雨果的棺槨送入先賢祠的隆重典禮。

同年，母親終於准許紀德進入他父親以前的書房，隨意翻看其中的著作。在這段時間，紀德在與瑪德萊娜的通信中頻繁交流宗教問題，內心充滿虔誠，反覆研讀《聖經》，嚮往禁欲主義，與宗教人士交往，顯示出神祕主義的傾向。

一八八七年（十八歲）

紀德重新進入阿爾薩斯學院修辭班，與同學皮埃爾．路伊斯（Pierre Louÿs）成為好友。皮埃爾．路伊斯原名皮埃爾．路易，後來也成為作家，創作過許多情色文學作品，在《窄門》中的阿貝爾．沃蒂埃身上可以看到皮埃爾．路伊斯的影子。

一八八八年（十九歲）

七月，第一次高考失敗。

十一月，進入亨利四師中學哲學班，結識後來成為政治家的萊昂．布魯姆（André Léon Blum）。

一八八九年（二十歲）

二月十五日，人生中第一次在雜誌上發表作品〈六行詩：雨的顏色〉。

七月，第二次高考通過，獨自前往不列塔尼旅行並開始為《安德烈．瓦爾特手記》做準備。

同年秋季，紀德頻繁出入各種文學沙龍，決定終止學業，投身寫作。

一八九〇年（二十一歲）

一月八日，在皮埃爾・路伊斯陪同下，前往布魯塞醫院探望詩人保羅・魏爾倫（Paul Verlaine）。

三月一日，瑪德萊娜的父親去世，紀德與瑪德萊娜共同守靈，紀德下定決心與表姊結婚。

十二月，《安德烈・瓦爾特手記》在佩蘭出版社自費出版。

前往蒙皮利看望叔叔夏爾・紀德，在當地結識詩人保羅・瓦萊里（Paul Valéry）。

一八九一年（二十二歲）

一月八日，瑪德萊娜收到《安德烈・瓦爾特手記》的第一本樣書，但拒絕了紀德的求婚。

二月，紀德被介紹給斯特凡・馬拉美（Stéphane Mallarmé），從此紀德成為馬拉美羅馬街星期二沙龍上的常客，並認識了一大批象徵派詩人。

七月，紀德前往比利時遊歷，結識了比利時詩人梅特林克（Maurice Maeterlinck），寫下《論納西瑟斯》與《安德烈・瓦爾特詩篇》。

十一月二十九日，在巴黎與奧斯卡・王爾德相識，兩人來往密切。王爾德展示了不同於禁欲主義的另一種生活態度，令紀德為之心醉。

一八九二年（二十三歲）

一月一日，《論納西瑟斯》發表。

三月至五月間前往慕尼黑短住，閱讀萊辛及歌德的作品。

八月，在詩人亨利．德．雷尼埃（Henri de Régnier）陪同下漫遊不列塔尼，之後回到拉羅克，開始撰寫《烏里安之旅》，年底完成。求婚再次遭到瑪德萊娜拒絕。

十一月十五日至二十二日，前往南錫服兵役，由於健康因素迅速退伍。

一八九三年（二十四歲）

請求畫家莫里斯．德尼（Maurice Denis）為《烏里安之旅》繪製作品插圖。五月，《烏里安之旅》出版。秋季發表《愛的嘗試》。

八月，與母親一起前往塞維利亞過聖週。

十月十八日，在畫家保羅．阿爾貝．洛朗（Paul Albert Laurens）陪同下從馬賽出發前往突尼斯。在蘇塞感染結核病，之後前往比斯克拉過冬，與阿特曼、梅麗安發生戀情。

一八九四年（二十五歲）

二月七日，紀德的母親前往比斯克拉與紀德會合，終結了他與梅麗安的關係。紀德與洛朗從突尼斯經馬爾他、義大利回國，開始構思《人間食糧》及《帕呂德》。

五月二十三日，抵達佛羅倫斯，與王爾德重逢。

六月二十六日，抵達日內瓦，之後在瑞士暫住。十月至十二月，旅居拉布萊維納，即《田園交響曲》的故事發生地。

一八九五年（二十六歲）

一月二十二日，紀德抵達阿爾及爾，在布里達遇到了王爾德和阿爾弗雷德・道格拉斯（Alfred Douglas）。同月，在阿爾及利亞投入《人間食糧》的創作，四月中旬返法，五月《帕呂德》發表。

五月三十一日，母親茱麗葉去世，紀德繼承了拉羅克的莊園。

六月十七日，與表姊瑪德萊娜訂婚。

十月八日，與瑪德萊娜結婚，開始蜜月旅行，途經瑞士和義大利。十二月，在佛羅倫斯結識義大利詩人鄧南遮（Gabriele d'Annunzio）。這一旅行路線在《背德者》中得到了重現。

一八九六年（二十七歲）

三月，紀德夫婦抵達突尼斯，後前往比斯克拉，四月返法。

五月十七日，紀德當選為拉羅克鎮長。

一八九七年（二十八歲）

三月，紀德夫婦在巴黎哈斯帕耶大道定居，紀德開始與《僻地》雜誌合作。

五月，《人間食糧》出版，與法蘭西斯・雅姆（Francis Jammes）發生論戰，發表《關於文學與道德的幾點想法》。

六月，紀德前往貝內瓦爾看望剛出獄的王爾德。

七月，與作家亨利・蓋翁（Henri Ghéon）發生戀情。蓋翁十二歲便與紀德相識，他是紀德同性戀方面的同路人、《背德者》的題獻對象。

十二月，紀德夫婦再次出發前往瑞士旅行。

一八九八年（二十九歲）

紀德夫婦抵達義大利，紀德開始有系統地閱讀尼采與杜新妥也夫斯基的作品。

五月中旬，經德國返回巴黎。關於《梵蒂岡地窖》最早的筆記大致可以追溯至這一年。

一八九九年（三十歲）

三月，紀德夫婦重返北非。

四月底，回到巴黎。與保羅・克洛岱爾（Paul Claudel）開始通信。

一九〇〇年（三十一歲）

三月二十日，在布魯塞爾進行了題為「論文學之影響」的演講。與雅姆和比利時詩人維爾哈倫（Émile Verhaeren）見面。夏季，出售位於拉羅克的地產，開始撰寫《背德者》。

十月至十一月，再次漫遊阿爾及利亞。

一九〇一年（三十二歲）

一月底，經西西里島穿越義大利回到法國。

四月，《岡道爾王》出版。專注於《背德者》的寫作。

一九〇二年（三十三歲）

五月，《背德者》出版。

年底與後來的著名戲劇導演、老鴿棚劇院創建者雅克．科波（Jacques Copeau）開始通信。

一九〇三年（三十四歲）

七月，《掃羅》出版。

八月，在德國威瑪進行了題為「論公眾之重要性」的演講。

十一月至十二月，紀德夫婦重遊阿爾及利亞。

一九〇四年（三十五歲）

一月，返法，在蘇連多結識德國作家卡爾．沃爾莫勒（Karl Vollmöller），並經由後者介紹在巴黎結識德裔加拿大作家菲利克斯．保羅．格萊夫（Felix Paul Greve）。

三月，在布魯塞爾進行了題為「論戲劇之演變」的演講。

一九〇五年（三十六歲）

六月，開始撰寫《窄路》（即後來的《窄門》），全年有系統地閱讀克洛岱爾、斯湯達爾、韓波及洛特雷阿蒙。

一九〇六年（三十七歲）

一月二十七日，前往維也納現場觀看《岡道爾王》的演出。

一九〇八年（三十九歲）

深入閱讀杜斯妥也夫斯基，發表《從書信角度看杜斯妥也夫斯基》。

九月，為科波朗誦《窄門》，並於當年十月十五日修改完畢。

十一月，與眾多友人合作創辦《新法蘭西評論》，發行內部試刊號。與奧地利著名詩人里爾克（Rainer Maria Rilke）見面。

一九〇九年（四十歲）

二月一日，《新法蘭西評論》正式發行第一期，並開始連載《窄門》，紀德出任雜誌主編直至一九一四年。

四月，旅居羅馬，動筆撰寫《梵蒂岡地窖》。

六月，《窄門》正式出版。

一九一〇年（四十一歲）

二月，出版《奧斯卡·王爾德》。

五月，開始構思《盲女日記》（即後來的《田園交響曲》）。

一九一一年（四十二歲）

六月，在著名圖書出版人加斯通·伽利瑪（Gaston Gallimard）的支持下，新法蘭西評論出版社成立。

七月，在倫敦結識約瑟夫·康拉德（Joseph Conrad）。

一九一二年（四十三歲）

三月，在佛羅倫斯繼續創作《梵蒂岡地窖》。五月，為科波朗誦該作品。

年底，讀完普魯斯特的《斯萬家那邊》，認為內容附庸風雅，拒絕在《新法蘭西評論》上刊載。

十二月，在英國短住，與亨利．詹姆斯見面。

一九一三年（四十四歲）

四月，紀德在《新法蘭西評論》上列舉了個人最喜愛的十部法國小說。

七月，力主《新法蘭西評論》接受羅傑．馬丁．杜加爾（Roger Martin du Gard）的小說《讓．巴羅瓦》。十一月，與杜加爾結識，成為一生摯友。

同年，科波創建老鴿棚劇院，開始在舞臺上提倡全新的戲劇藝術理念。

一九一四年（四十五歲）

紀德給普魯斯特寫信，承認自己之前看走了眼，拒絕《斯萬家那邊》是他人生中最大的錯誤。

《梵蒂岡地窖》出版，因小說內容與克洛岱爾決裂。從英文轉譯泰戈爾的《吉檀迦利》，成為該詩集的首部法語譯本，發表於《新法蘭西評論》。

八月，第一次世界大戰爆發，《新法蘭西評論》停刊，文學創作基本上中斷了。在戰爭期間，紀德開始思考法德文化之間的互補性，展望歐洲文化一體化，並在戰後為此積極呼籲奔走。

一九一六年（四十七歲）

紀德發生精神危機，一度考慮皈依天主教。他當時感到，做一名異教徒可以讓他安於享樂，而宗教則可以賦予他與罪孽作戰的武器。他在兩者之間搖擺不定，最終出於對教條的反感而沒有選擇改信天主教。在自我反思期間，開始撰寫自傳體作品《如果麥子不死》。

六月，瑪德萊娜誤拆了一封蓋翁寄給紀德的信，發現了紀德性取向的內情。

一九一七年（四十八歲）

二月，完成康拉德《颶風》的法譯本。與馬克·阿萊格雷（Marc Allégret）發生戀情，八月與其同遊瑞士。馬克·阿萊格雷後來成為導演，與紀德共同拍攝過《剛果之行》（一九二七）、《與安德烈·紀德在一起》（一九五二）。

一九一八年（四十九歲）

二月，開始修改《盲女》（即後來的《田園交響曲》）。

五月，給瑪德萊娜留了一封信，表示自己已經無法與她繼續生活下去，然後在阿萊格雷陪同下前往英國遊歷。

十一月，完成《田園交響曲》。同期，得知瑪德萊娜撕毀了兩人之間長達三十年的所有信件。

同年，紀德的密友、比利時女作家瑪利亞．范．里賽爾貝格（Maria Van Rysselberghe）開始編寫《小婦人手記》，有系統地記錄紀德的私人生活，成為理解紀德人生的重要文本。

一九一九年（五十歲）

十月，《田園交響曲》發表。

同年，《新法蘭西評論》復刊，主編換成了雅克．里維埃爾（Jacques Rivière）。新法蘭西評論出版社更名為伽利瑪出版社。

一九二一年（五十二歲）

四月，研讀佛洛伊德。

五月，拜訪普魯斯特。

一九二二年（五十三歲）

二月至三月，在老鴿棚劇院進行了關於杜斯妥也夫斯基的系列演講。

六月十六日，《掃羅》在老鴿棚劇院首演，雅克．科波編導。

八月，與里賽爾貝格一家前往蔚藍海岸度假。

一九二三年（五十四歲）

一月，與瑪利亞·范·里賽爾貝格的女兒伊莉莎白·范·里賽爾貝格前往義大利旅遊。

三月，與友人遊歷摩洛哥。

四月十八日，紀德與伊莉莎白的私生女卡特琳娜·范·里賽爾貝格出生，紀德一直祕而不宣，一直等到瑪德萊娜一九三八年去世之後才正式認養，改名卡特琳娜·紀德。

六月，《杜斯妥也夫斯基》出版。下半年專注於《偽幣製造者》的寫作。

一九二四年（五十五歲）

《如果麥子不死》全三冊分別於一九二〇年、一九二一年、一九二四年出版。

一九二五年（五十六歲）

七月，與馬克·阿萊格雷離開巴黎，前往剛果和查德旅行。

一九二六年（五十七歲）

二月，《偽幣製造者》出版。

八月，紀德將寫作《偽幣製造者》過程中的創作日記匯整為《偽幣製造者日記》一書發表。

十一月，紀德開始在《新法蘭西評論》上連載他的剛果與查德旅行日記。

一九二七年（五十八歲）

六月，《剛果之旅》出版，激烈抨擊殖民制度，在媒體與議會中引起重大爭議。十月十五日，紀德發表長文〈赤道非洲的困境〉。

一九二八年（五十九歲）

二月，在柏林與華特．班雅明見面。

三月，《回到查德》出版。

一九三〇年（六十一歲）

三月，《新法蘭西評論》發表新版《安德烈．瓦爾特手記》序言和《人間食糧》德譯本序言。

十一月，遊歷突尼斯。

一九三一年（六十二歲）

二月，《伊底帕斯》出版。在馬爾羅（André Malraux）的推動下，開始編纂《作品全集》。

五月，為聖修伯里的《夜間飛行》撰寫序言。

十月，開始與皮托耶夫（Georges Pitoëff）籌備《伊底帕斯》的舞臺演出。

一九三二年（六十三歲）

五月，前往達姆施塔特觀看《伊底帕斯》以及《浪子回頭》的演出。

一九三三年（六十四歲）

二月，前往威斯巴登，與史特拉汶斯基（Igor Fiodorovitch Stravinsky）合作《珀耳塞福涅》，紀德提供腳本，史特拉汶斯基配樂，科波導演。

六月，前往洛桑與當地學生一起將《梵蒂岡地窖》改編成戲劇。

一九三四年（六十五歲）

一月，與馬爾羅奔赴柏林，呼籲第三帝國政府釋放國會大廈縱火案被捕的德國共產黨員。

二月，在敘拉古小住，閱讀卡夫卡的《審判》。

四月三十日，《珀耳塞福涅》在巴黎歌劇院首演，五月文本出版。

八月，加入反法西斯作家同盟警惕委員會。

一九三五年（六十六歲）

六月，邀請帕斯捷爾納克（Boris Leonidovich Pasternak）等作家參加國際保衛文化大會。

六月二十一日，主持第一屆國際保衛文化大會並致開幕詞。

十一月，《新糧》出版。

一九三六年（六十七歲）

二月，遊歷塞內加爾。

六月至八月，受蘇聯政府邀請訪蘇。六月二十日，在莫斯科紅場高爾基葬禮上發言。

八月，在索契面會奧斯特洛夫斯基（Nikolai Alexeevich Ostrovsky）。

十一月，《訪蘇歸來》發表。

十二月，西班牙內戰爆發，對法國政府的不干預政策表示抗議。

一九三八年（六十九歲）

四月十七日，瑪德萊娜去世。

八月，開始撰寫《她留在你心裡》。

一九三九年（七十歲）

一月，前往埃及，完成《她留在你心裡》。

四月，從埃及前往希臘。《作品全集》全十五卷出版完畢。

六月，前往西班牙馬拉加，拜訪法國作家弗朗索瓦·莫里亞克（François Mauriac）。

一九四〇年（七十一歲）

六月，在法國遭到德國入侵後，開始支持戴高樂的自由法國運動。

一九四一年（七十二歲）

三月三十日，由於主編德里厄·拉羅歇爾（Pierre Drieu La Rochelle）的投降傾向，與《新法蘭西評論》決裂。

五月二十一日，尼斯抵抗者聯盟安排紀德進行關於詩人及畫家亨利·米肖（Henri Michaux）的講座。

七月，發表《發現亨利·米肖》。

一九四二年（七十三歲）

五月，動身前往突尼斯。

八月，完成莎士比亞《哈姆雷特》的法譯本。
同年，《人間食糧》與《新糧》首次出版合訂本。

一九四三年（七十四歲）

《虛構的訪談》出版。
五月，前往阿爾及利亞。六月二十五日，在阿爾及爾與戴高樂共進晚餐，激發了寫作《忒修斯》的靈感。

一九四六年（七十七歲）

一月，《忒修斯》在紐約出版。
四月十二日，在貝魯特發表「文學記憶與當前問題」的演講。
九月，讓・德蘭努瓦（Jean Delannoy）執導的電影《田園交響曲》上映，紀德參與首映會。
十月，《歸來》出版。

一九四七年（七十八歲）

四月，《她留在你心裡》出版。
六月，被授予牛津大學榮譽博士學位。

十月，由紀德改編的卡夫卡《審判》在巴黎馬里尼劇院上演。
十一月十三日，獲得諾貝爾文學獎，但並未出席頒獎典禮，僅僅給瑞典皇家科學院寄了一封感謝信，在信中對好友瓦萊里未能在生前獲得這一獎項表示遺憾。

一九四八年（七十九歲）

一月，《安德烈．紀德－法蘭西斯．雅姆通信集》出版。
七月，《梵蒂岡地窖》三幕劇腳本出版。

一九四九年（八十歲）

一月至四月，與讓．阿莫魯什（Jean Amrouche）錄製《紀德談話錄》，在法國廣播電臺播放。
六月十二日，日記停止。
七月，在亞維儂戲劇節上觀看《伊底帕斯》的演出。由紀德親自編訂的《法蘭西詩歌選》出版。
十一月，《安德烈．紀德－保羅．克洛岱爾通信集》出版。

一九五〇年（八十一歲）

馬克．阿萊格雷完成紀錄片《與安德烈．紀德在一起》。
六月，在那不勒斯發表演講，談論對義大利的印象。

七月，開始寫作其人生中最後一部作品《但願如此或大局已定》。
十月，《梵蒂岡地窖》在法蘭西喜劇院上演。

一九五一年（八十二歲）

二月十九日，紀德在巴黎家中逝世，享年八十二歲。二月二十二日，根據瑪德萊娜·紀德親屬的要求，在庫沃維爾舉行了宗教葬禮，安葬於瑪德萊娜的墓地旁邊。

一九五二年

一月，《但願如此或大局已定》出版。
同年，紀德的全部作品均被梵蒂岡列為禁書。

田園交響曲 / 安德烈・紀德著；張博譯 . -- 初版 . -- 臺北市：時報文化出版企業股份有限公司 , 2023.12
176 面；14.8×21 公分 . --（愛經典；75）
ISBN 978-626-374-711-1（精裝）

876.57 112020629

本書根據法國伽利瑪出版社七星文庫版《安德烈・紀德全集》譯出

作家榜经典文库®

ISBN 978-626-374-711-1
Printed in Taiwan

愛經典 0075
田園交響曲

作者—安德烈・紀德｜譯者—張博｜編輯—邱淑鈴｜企畫—張瑋之｜美術設計—FE 設計｜校對—邱淑鈴｜總編輯—胡金倫｜董事長—趙政岷｜出版者—時報文化出版企業股份有限公司　108019 臺北市和平西路三段二四〇號四樓　發行專線—（〇二）二三〇六—六八四二　讀者服務專線—〇八〇〇—二三一—七〇五、（〇二）二三〇四—七一〇三　讀者服務傳真—（〇二）二三〇四—六八五八　郵撥—一九三四四七二四時報文化出版公司　信箱—10899 臺北華江橋郵局第 99 信箱　時報悅讀網—http://www.readingtimes.com.tw｜電子郵件信箱—new@readingtimes.com.tw｜法律顧問—理律法律事務所　陳長文律師、李念祖律師｜印刷—紘億印刷有限公司｜初版一刷—二〇二三年十二月二十二日｜定價—新台幣三二〇元｜（缺頁或破損的書，請寄回更換）

時報文化出版公司成立於一九七五年，並於一九九九年股票上櫃公開發行，於二〇〇八年脫離中時集團非屬旺中，以「尊重智慧與創意的文化事業」為信念。